dtv

Reihe Hanser

Was bringt einen jungen Mann dazu, grundlos Gewalt anzuwenden? Kann man Intoleranz und Extremismus verstehen? Wann darf Rache ein Motiv sein? Ist jemand für seine geistige Behinderung verantwortlich? In diesem Buch stellt Janne Teller erneut unbequeme Fragen und führt unsere Vorstellungskraft dahin, wo es weh tut. Ihre Kurzgeschichten fordern uns in knapper Sprache, aber mit eindrücklicher Schärfe und Intensität dazu auf, Stellung zu beziehen.

Janne Teller, 1964 in Kopenhagen geboren, stammt aus einer deutsch-österreichischen Familie. Sie studierte Staatswissenschaften, arbeitete als Konfliktberaterin der EU und UNO in aller Welt, und setzte sich in verschiedenen Krisengebieten vor Ort für die Menschenrechte ein, bevor sie sich 1995 ganz dem Schreiben widmete. Für ihr literarisches Schaffen wurde Janne Teller vielfach ausgezeichnet. In ihrem Werk, das Essays, Kurzgeschichten, Romane für Erwachsene und Jugendliche umfasst, kreist sie um die großen Fragen des Lebens und löst mit gesellschaftskritischen Themen nicht selten lebhafte Debatten aus.

Janne Teller

Alles
worum es geht

Aus dem Dänischen
von Sigrid C. Engeler und
Birgitt Kollmann

dtv

Ausführliche Informationen über
unsere Autoren und Bücher
www.dtv.de

Die Erzählung *Warum* erschien erstmals 2003 auf Französisch unter dem Titel *Pourquoi?* in Le Monde de l`Éducation, Paris, und 2007 auf Dänisch unter dem Titel *Hvorfor?* bei Gyldendal, Kopenhagen. || *Sich so in den Hüften wiegend* erschien erstmals 2004 auf Dänisch unter dem Titel *Sådan med vuggen i hofterne og øjnene rettet mod jorden* bei Gyldendal, Kopenhagen. || *Bis der Tod uns scheidet* erschien erstmals 2011 auf Dänisch unter dem Titel *Til døden os skiller* bei Gyldendal, Kopenhagen. || *Die Vögel, die Blumen, die Bäume* erschien erstmals 2011 auf Dänisch unter dem Titel *Fuglene, træerne, blomsterne* bei Rosinante, Kopenhagen. || *Alles* erschien erstmals 2004 auf Dänisch unter dem Titel *Alt* bei People's Press, Kopenhagen.

MIX
Papier aus verantwortungsvollen Quellen
FSC® C019821

2. Auflage 2017
2015 dtv Verlagsgesellschaft mbH & Co. KG, München

Übersetzung: Sigrid C. Engeler (S. 18–27, 73–98, 127–140)
und Birgitt Kollmann (S. 9–17, 28–72, 99–124, 141–143)
Umschlaggestaltung nach einem Entwurf von Stefanie Schelleis
Satz: Satz für Satz. Barbara Reischmann, Wangen im Allgäu
Druck und Bindung: Druckerei C. H. Beck, Nördlingen
Gedruckt auf säurefreiem, chlorfrei gebleichtem Papier
Printed in Germany · ISBN 978-3-423-62606-4

To Prof Turtle,
Who knows Alles, also
that horses have a way of
breathing – for everything.
Phrymphee, YLA

Inhalt

Warum?

Warum ich *was* gemacht habe?«

»Na das.«

»Die Straßenlaternen waren an.«

»Aber das war doch nicht der Grund?«

»Wofür?«

»Dafür.«

»Den Spaziergang?«

»Du weißt schon …«

»Das wüsstest du wohl gerne.«

»Das ist dir doch nicht mal eben so eingefallen?«

»Was soll mir eingefallen sein?«

»Ich meine, du musst doch einen Grund gehabt haben?«

»Einen Grund …?«

»Ja, bis … Ich meine …«

»Genau, was meinst du eigentlich?«

»Na ja, ich wollte sagen … es gibt eben Sachen, die tut man nur, weil man … sie tun muss. Weil jemand einem was getan hat, Eltern oder … Kumpel … oder …«

»… die Gesellschaft?«

»Ja, die Gesellschaft, die auch. Die vielleicht vor allem.«

»Manche Leute würden das sicher so sagen.«

»Dass die Gesellschaft schuld ist?«

»Ja.«

»Wie das?«

»Das weißt du selbst am besten.«

»Was weiß ich …?«
»Wieso die Gesellschaft schuld ist.«
»Wie soll ich das wissen?«
»Du bist doch einer von denen, die das sagen.«
»Schon … aber vielleicht kannst du's etwas näher erklären?«
»Was?«
»Wie die Gesellschaft dich dazu gebracht hat.«
»Nein.«
»Nein?«
»Ja: Nein.«

»Du hattest doch etwas von Straßenlaternen gesagt?«
»Die brannten.«
»Ja und …?
»Und was?«
»… haben die dich gestört?«
»Das ist doch normal, nachts um halb zwei, oder?«
»Was?«
»Dass die Straßenlaternen an sind.«
»Und das hat dich provoziert?«
»Wie kommst du darauf?«
»Du hast gesagt, das sei der Grund gewesen, weshalb du …«
»Ist dir das noch nie passiert?«
»Was?«
»Dass du die Straßenlaternen gesehen hast und auf einmal Lust hattest, ein Stück zu gehen?«
»Und die Eisenstange?«
»Die war verdammt rostig.«
»Lag sie einfach so auf der Straße …?«

»Ist doch eine Sauerei, so verrostetes Eisen einfach rumliegen zu lassen. Findest du nicht?«

»Äh … schon …«

»Das kann man doch nicht machen! Da könnte doch einer drüberfallen!«

»Das heißt, du hast nicht danach gesucht. Du hast sie einfach gefunden?«

»Gefunden? *Gefunden* nennst du so was? So verrosteten Schrott!«

»Als du sie aufgehoben hast, wusstest du da, was du damit machen wolltest?«

»Was würdest *du* denn mit einem so verflucht rostigen Stück Eisen machen?«

»Dann war es also der Rost, der …?«

»Der hat dermaßen gescheuert in der Hand! Nicht auszuhalten war's. Kennst du das nicht?«

»Erzähl mir was von dir.«

»Du weißt doch schon alles: Hans Henrik Nielsen, siebzehn, geboren November 1985 in Kopenhagen. Bester Stürmer der Schule.«

»Aber das war ja wohl nicht der Grund …?«

»Du bist genau wie die anderen. Dabei hatte ich geglaubt, du wärst vielleicht anders. Wie alt?«

»Achtundzwanzig.«

»Zu spät.«

»Zu spät für was?«

»Du lernst das nicht mehr.«

»Was lern ich nicht mehr?«

»Zu verstehen.«
»Dich?«
»Nein, das Ganze.«
»Das, was du gemacht hast?«
»Das Ganze, verdammt noch mal.«
»Aber *du* verstehst das wohl, wie?«
»Möglich ist alles.«
»Aber wenn alles möglich ist, warum hast du dann ausgerechnet *das* gemacht?«
»Schon wieder *das*. Das und das und das! Was anderes hast du wohl nicht im Kopf.«
»Er ist so gut wie tot.«
»Ja, der wird wohl nicht mehr.«
»Macht dir das denn gar nichts aus?«
»Darauf kommt es doch nicht an.«
»Worauf *denn*?«
»Das ist es, was du nie begreifen wirst.«

»War es rassistisch motiviert?«
»Wie meinst du das?«
»Vielleicht magst du ja keine Migranten.«
»Was hat das denn damit zu tun?«
»Er war Araber. *Ist* Araber, meine ich.«
»Aha.«
»Also deswegen war es nicht?«
»Ha, ha, ha!«
»Es hatte nichts damit zu tun, dass vielleicht andere Migranten dir was getan haben? Das Moped gestohlen? Oder die Freundin ausgespannt?«

»Das soll ein Grund sein, einem anderen auf den Kopf zu springen?«
»Nein … ich dachte bloß …«
»Das ist doch Scheiße! Einem auf den Kopf springen, weil er dir das Moped geklaut hat! Mann, der Typ wird doch nicht mehr. Ich hab gesehen, wie ihm dieses weiße Zeug aus dem Kopf kam. Hirnmasse! Und du redest von Mopeds! Genau das meine ich!«
»Was meinst du?«
»Grenzenlos!«

»Du kommst gut klar in der Schule. Bist beliebt bei deinen Mitschülern. Deine Familie kommt mir besser vor als die meisten, dein großer Bruder ist Lehrer, deine Schwester studiert Biologie. Die ganze Welt steht dir offen.«
»Welche Welt denn?«
»Hör schon auf …«
»Womit?«
»Du kannst alles werden, worauf du Lust hast. Dänemark ist ein gutes Land, eine Demokratie, mit gleichen Rechten für alle. Europa steht dir offen, im Grunde die ganze Welt. Du hast grenzenlose Möglichkeiten …«
»Genau das sage ich ja.«
»… und auf einmal schließt du dich diesen Typen an und gehst hin und springst einem Mann auf den Kopf.«
»Welchen Typen?«
»Schlechter Gesellschaft. Wieso lässt du dich mit solchen Leuten ein?«
»Ich war alleine.«
»Vor mir musst du keine Angst haben.«

»Ha, ha, ha!«

»Ich bin kein Richter. Ich plauder nichts aus.«

»Ich war alleine.«

»Tritte und Schläge, Verletzungen praktisch am ganzen Körper, Nieren- und Leberriss, dreiundzwanzig Knochenbrüche, dazu noch ein offener Schädelbruch …«

»Ach ja …?«

»Hast du je Inzest erlebt?«

»Ha, ha, ha!«

»Sonstige körperliche Gewaltanwendung?«

»Ha, ha, ha!«

»Mobbing?«

»Ist jetzt bald mal gut?«

»Denk doch mal an deine Eltern …«

»Lass meine Eltern da raus. Die haben damit nichts zu tun.«

»Wer dann? Die Gesellschaft?«

»Aller guten Dinge sind drei. Hurra! Dann sagen wir's doch einfach so. Hast du denn überhaupt nichts kapiert von dem, was ich gesagt hab?«

»Du hast gesagt, alles sei möglich.«

»Ja.«

»Warum hast du dann gerade *das* gemacht?«

»Das kapierst du sowieso nie.«

»Versuch's doch …«

»Alles ist möglich.«

»Du hast es gemacht – weil alles möglich ist?«

»Ist doch egal, oder?«

»Wenn es egal ist, warum hast du's dann gemacht?«

»Um zu sehen, was solche wie du dann sagen.«
»Aber es muss doch eine Grenze geben.«
»Genau.«
»Genau?«
»Genau das wollte ich rausfinden.«
»Jetzt versteh ich … Und wo ist die …?«
»Es gibt keine.«
»Keine was?«
»Grenze zu dem, was ihr gerne verstehen wollt.«
»Jetzt versteh ich gerade gar nichts.«
»Nur ist es das Falsche, was du nicht verstehst.«
»Es hatte irgendwas mit Grenzen zu tun …?«
»Mit dem Fehlen!«
»Ach so … Dir haben Grenzen gefehlt, stimmt's …?«
»Nein, *mir* fehlt gar nichts! Dir. Euch.«
»Ich weiß sehr gut, dass man keinem auf den Kopf springen darf.«
»Ach ja?«
»Ja.«
»Wieso zum Teufel bin ich dann auf die Idee gekommen? Was glaubst du?«
»Das ist es ja, was ich … Du hast nie gelernt, wo die Grenze verläuft.«

»Also bin ich nicht schuld?«
»… Nein, eigentlich nicht …«
»Aber schließlich bin ich doch der, der gesprungen ist, oder?«
»Schon, aber …«
»Man kann verstehen, dass ich das gemacht habe?«

»… Alles in allem … Ja.«
»Du an meiner Stelle hättest dasselbe getan?«
»Äh … das weiß ich nicht …«
»Du bist natürlich nie in meiner Situation gewesen. Aber mal angenommen …?«
»Mal angenommen … Vielleicht ja …«
»Du verstehst es also?«
»…«
»Auf jeden Fall findest du es nicht merkwürdig, dass jemand in meiner Situation so was gemacht hat?«
»Nee … nein.«
»Wenn man an die fehlenden Grenzen denkt, das Licht der Straßenlaternen, den Rost an der Eisenstange, dann ist es durchaus verständlich, dass ich das getan hab?«
»… Ja-a …«
»Vor allem wegen der Straßenlaternen?«
»Ja … deswegen.«
»Da siehst du's.«
»Was soll ich sehen?«
»Was ich gemeint habe.«

»Schreibst du das? Dass so was die Leute dazu bringen kann, sonst was zu machen.«
»Ja …«
»Dass man eigentlich nicht begreift, wieso so was nicht öfter passiert, wenn man bedenkt, dass die Gesellschaft keine Grenzen kennt?«
»… Äh … ja.«
»Verstehst du jetzt, was ich meine?«

»Ja-a …«

»Es ist nicht fair, Jugendliche solchen Situationen auszusetzen. Oder?«

»Nein.«

»Im Grunde ist es also merkwürdig, dass ich es nicht schon früher gemacht habe?«

»Warum … nicht?«

Sich so in den Hüften wiegend und die Augen zu Boden gerichtet

Ein Gesetz hier, ein Gesetz da. Die Leute können doch ihre Meinung äußern, wie sie wollen. Tun sie ja auch. Egal, ob sie was zu sagen haben oder nicht. Fast wünscht man, sie würden es lassen. Als ob sie den Mund auch nur einen Moment lang halten könnten! Nein! Irgendwer findet immer, er hätte etwas zu sagen. Auch wenn es Mist ist. Sie sagen es, als wüssten sie es nicht besser. Wenn man nichts Anständiges zu sagen hat, soll man den Mund halten. Aber: Manchmal muss man auch mal was sagen, was nicht so anständig ist. Die sind es doch, die sich nicht gerade anständig aufführen. Übrigens sind das oft die von der anderen Bahnseite. Die kenne ich. Die haben nichts Gutes im Sinn. So sind sie aufgewachsen. Vielleicht liegt es auch in den Genen. Ich meine, vielleicht muss es ja so sein, wenn man unten am Bahndamm zur Welt kommt. Die sind ein bisschen dümmer als wir anderen. Sonst würden die doch wohl nicht so gehen? Das hab ich neulich zu meinem Nachbarn gesagt. Wie der gelacht hat! Und genickt. Da hab ich es an die Zeitung geschrieben. Nicht ganz so, mit etwas anderen Worten, aber ich hab es gemacht. Einer muss ja die Wahrheit sagen. Sonst stecken die uns noch an mit ihren Schweinereien. So wie die gehen, mit diesen wiegenden Hüften und mit gesenktem Kopf. Völlig inakzeptabel. Schauen zu Boden, als hätten sie etwas zu verbergen. Haben sie bestimmt auch. Das habe ich geschrieben. Die unten am Bahndamm, die haben was zu verbergen. Was, das sollen wir anderen nicht wissen. Etwas Anständiges kann das nicht sein. So was verbirgt ja niemand. Man sollte ihnen die Kinder wegnehmen. Das tut keinem gut, so heranzuwachsen. Wenn man ihre Kinder auf unserer Seite aufwachsen ließe, würden sie bestimmt so gehen wie wir. Das wäre bald kein Problem mehr. Aber was, wenn ihnen das im Blut liegt, das mit den Hüften? Und dem gesenkten Kopf? Dann würden unsere Nachkommen bald auch so gehen. Wo kämen wir da hin? Nein, das wäre nicht gut. Ich hab das der Zeitung vorgeschlagen, aber ich zieh das besser zurück.

Man sollte einen Zaun errichten, ja, genau. Einen, über den keiner drüberklettern und durch den keiner durchsehen kann. Dann können sie so rumlaufen, solange sie wollen, mit diesem wiegenden Gang und dem gesenkten Kopf. Den Blick zu Boden! Das werde ich schreiben. Das schadet doch keinem, trennt bloß die Hasen von den Kaninchen, und so etwas muss nun mal sein. Das hab ich neulich geschrieben, das mit dem Zaun. Aber inzwischen hab ich darüber nachgedacht, und nun meine ich, dass man das eigentlich nicht machen kann. Nicht, das zu schreiben, das ist in Ordnung, aber einen Zaun errichten und die unten am Bahndamm sich selbst überlassen. Schuldet man denen nicht, als Christ oder wie auch immer, jedenfalls um der Mitmenschlichkeit willen, schuldet man ihnen da nicht, sie zu zivilisierten Menschen zu machen, wie wir es sind? Es ist nur eine Frage des Bildungszugangs, ob man mit wiegenden Hüften und gesenktem Kopf leben muss. Den Blick zu Boden gerichtet. Wie die Tiere. Das ist es. Das ist unsere Nation. Das alles, auch die andere Seite des Bahndamms. Wer weiß, der eine oder andere könnte doch heimlich über den Zaun klettern. Zuallererst muss man alles tun, um ihnen beizubringen, sich wie anständige Menschen zu benehmen. So wie wir. Sieh nur, mit welcher Freude wir aufrecht gehen, mit erhobenem Kopf und die Augen geradeaus. Unübersehbar, dass wir nichts haben, was wir verbergen oder wofür wir uns schämen müssten. Das schreibe ich an die Zeitung. Dass es ein Menschenrecht ist, aufrecht zu gehen mit erhobenem Kopf und den Augen geradeaus.

Das half. Nicht so, dass die unten am Bahndamm aufgehört hätten, mit wiegenden Hüften und gesenktem Kopf zu gehen, aber es zu schreiben. Es gedruckt zu sehen. Ich hab das Meine getan für den Anstand, die Nation. Andere sind der gleichen Meinung. Das ist sehr ermutigend. So als käme etwas in Gang. Wir stehen zusammen. Auf dieser Seite des Bahndammes. Bereit, die vom Bahndamm unten auf unser Niveau hochzuziehen. Man könnte sie auch dem Erdboden gleichmachen, die Gegend unten am Bahndamm. Damit wäre das Problem ein für alle Mal gelöst. Die Bewohner schicken wir auf eine Insel, wo sie trainieren können, aufrecht und mit erhobenem Kopf zu gehen, die Augen geradeaus. Die es lernen, können die Erlaubnis erhalten, herzukommen, unter uns zu leben. Inseln gibt es genug. Vielleicht, vielleicht sollten die Zurückkommenden einen besonderen Hut tragen, eine farbige Schirmmütze. Vielleicht orangefarben. Damit man sich nicht unwissentlich mit ihnen mischt. Zu wissen, mit wem man es zu tun hat, ist ja wohl ein Menschenrecht. Das alles habe ich nicht geschrieben. Noch nicht. Das dachte ich, als ich in der Zeitung die Antwort von dem da unten am Bahndamm sah. Der hat geschrieben, dass keiner ein besserer Mensch sei als andere und dass keine Art zu gehen richtiger sei als andere. Das stand da! Dass sie dort unten am Bahndamm, auch wenn es für uns von oberhalb des Bahndamms vielleicht fremd klinge, gern auf ihre Art gingen. *Es gebe unendlich viel zu sehen, wenn sie beim Gehen zu Boden blickten.* So etwas müssen wir uns anhören! Danach kam mir die Idee, die Gegend dem Erdboden gleichzumachen. Und die zu dem Training auf der Insel. Jetzt habe ich das geschrieben. Macht die Gegend dem Erdboden gleich und schickt sie in ein Trainingslager auf eine Insel, wo sie richtig gehen lernen, schrieb ich. Aus Rücksicht auf die Nation. Und sie selbst. Sie könnten uns andere anstecken, und wo kämen wir da hin? Und erst diese Respektlosigkeit: *Es gebe keine Grenzen für das, was sie sehen, wenn sie beim Gehen zu Boden blicken.* Ich werde ihnen was zu sehen geben.

Von der Zeitung habe ich Antwort bekommen, aber mir ist fast die Luft weggeblieben. Das Wort *ausrotten*, das wollen sie nicht drucken. Dabei steht es nur in einem Nebensatz. Dass, wer nicht mit auf die Insel will, auf andere Weise ausgerottet werden muss. Im ersten Teil des Satzes geht es darum, dass es für alle Beteiligten das Beste ist, und erst nach dem Komma kommt der Rest. Ich sehe es ja ein, dass es missverständlich sein kann. Wenn man es unbedingt missverstehen *will.* Aber so ein Nebensatz! Ich habe das Problem auf andere Weise gelöst. Das Wort *Problem* brachte mir die Lösung. Dann schrieb ich: Menschen mit unterschiedlichem Gang voneinander zu trennen, ist für alle Beteiligten die beste Lösung, und wenn gewisse Leute unten am Bahndamm nicht ins Trainingslager auf die Insel wollen, muss das Problem auf andere Weise ausgerottet werden. Die Zeitung hat es so abgedruckt, und die Leute haben verstanden, was ich meinte. Jedenfalls viele. Noch immer erhalte ich dazu Briefe. An dem Wort *ausrotten* ist nichts verkehrt. Das Problem habe ich bereits gelöst. Nur ist da noch das andere. Wir sind viele, die verstehen, worum es geht. Dass *das Problem* ausgerottet werden muss. Unterdessen wächst das Problem jedoch. Das hängt mit der Fortpflanzung zusammen, aber das ist das Wenigste, das ist nichts Neues. Aber da ist die Anzahl der Zuschriften. Dagegen. Nicht nur von unten am Bahndamm, sondern auch von einigen von unserer Seite des Bahndamms. Verräter! So habe ich sie in dem genannt, was ich gerade geschrieben habe. Wie soll man das denn sonst nennen, wenn einer nicht dabei mitmachen will, das Problem auszurotten, das uns auf unserer Seite, oberhalb des Bahndamms, droht. Der Nation. Das habe ich gesagt, als sie von der Zeitungsredaktion anriefen und meinten, das Wort *Verräter* sei vielleicht etwas abseitig. Abseitig?, habe ich gerufen. *Die* sind abseitig! Die nicht dabei mitmachen wollen, das Problem auszurotten. Was ist mit der Nation? Vergessen Sie nicht: diese wiegenden Hüften und der gesenkte Kopf, sodass die Augen Dinge am Boden finden können! Wo kämen wir denn da hin! Ich sagte diesem Redakteur die Wahrheit, auf der Stelle. Dass auch er ein Verräter sei, wenn er einen Beitrag nicht abdrucken wolle, bloß weil darin das Wort Verräter vorkommt, bezogen auf alle, die beim Ausrotten des Problems nicht mitmachen wollen. Auf der Stelle. Das hätte längst getan werden müssen. Wir hätten heute nicht hier gestanden und spekuliert, ob die Insel wohl groß genug ist. Das Problem wäre wesentlich kleiner gewesen. Vielleicht hätte es nicht einmal ein Problem gegeben. Selbst eine kleine Insel wäre groß genug gewesen. Das ist mehr als Verrat, das ist staatsgefährdendes Handeln. Allein der Gedanke, dass das Problem nicht umgehend ausgerottet werden muss. Wir benötigen sämtliche Kräfte für Argumente gegen alle ihre verräterischen Einwände. Unterdessen wird das Problem nicht nur nicht ausgerottet, sondern wächst und Wächst und WÄCHST … Man sieht es förmlich. Spürt, wie man von wiegenden Hüften umringt ist, von nach unten gewandten Gesichtern, von Blicken, die zu Boden gerichtet sind. Immer weniger Platz, um mit erhobenem Kopf und nach vorn gerichteten Augen aufrecht zu gehen. Oder überhaupt zu gehen. Mehr sage ich nicht, habe ich zum Zeitungsredakteur gesagt. Einer anderen Zeitung. Dort haben sie mir recht gegeben. Aber das Gesetz, sagte der Mann. Das Gesetz, darauf müssen wir Rücksicht nehmen. Und die Freiheit?, frage ich. Was ist damit? Kann man nicht mehr denken, was man will? In seinem eigenen Land? Bin ich plötzlich gezwungen, mich für das Gesetz zu interessieren? Ich, der nichts anderes will, als dass die Menschen ordentlich aufrecht gehen, mit erhobenem Kopf und den Augen geradeaus. Habe meinen Nachbarn gefragt. Er sagt, ich soll mich nicht ums Gesetz kümmern. Er kennt es. Da ist nur die Rede von Rasse, Farbe, Herkunft, Glaube und Geschlecht. Kein Wort über das Gehen mit wiegenden Hüften und gesenktem Kopf. Die Augen zu Boden gerichtet. Ich schreibe das noch einmal. Dieses Mal an eine dritte Zeitung: dass es an der Zeit sei, den Weg zu versperren, der geradewegs in die Hölle führt. Eine Rutschbahn sei sie, diese volksschädliche, fanatische Toleranz. Das darf man ruhig schreiben: dass wir gezwungen sind, das Problem auszurotten, ehe es zu spät ist. Ein für alle Mal.

Eine Weile war ich still. Es gibt keinen Grund, dass ich etwas sage. Die sprechen im Fernsehen darüber, die ganze Zeit. Über das Problem. Früher sprach niemand über dieses Gehen mit wiegenden Hüften und gesenktem Kopf. Den zu Boden gerichteten Blicken! Jetzt sprechen sie die ganze Zeit darüber. Darüber, wie man auf das Problem reagieren und eine endgültige Antwort finden soll. Was ich für ein lokales Problem hielt, existiert offenkundig im ganzen Land. Im Großen und Ganzen keine Stadt, die sich nicht einteilen lässt in die oberhalb des Bahndamms und die unten am Bahndamm. Anfangs gab es welche, die das nicht sehen konnten. Auch weil Einzelne zu betrügen versuchten. Hoben den Kopf und sahen geradeaus, um nicht als die erkannt zu werden, die sie sind. Das dauerte aber nicht lange. Wenn man genau hinsieht, sieht man es. Wie die unten am Bahndamm immer und überall auf die gleiche Weise gehen: mit diesen wiegenden Hüften, dem gesenkten Kopf, den zu Boden gerichteten Augen. Trotzdem gibt es immer noch solche, die nichts begreifen. Eine offensichtliche Bedrohung der Nation. Sogar hier oberhalb des Bahndamms. Versuche, die Rettungsarbeiten aufzuhalten, indem sie sich mal auf den einen, mal auf den anderen Paragrafen berufen. Landesrecht. Europarecht. Völkerrecht. Und was ist mit unserem Recht? Die haben nichts, woran sie ihren Verrat festmachen können. Nirgendwo steht etwas darüber, dass der Gang mit wiegenden Hüften ein schützenswertes Gut sei oder dass es ein Recht darauf gebe, mit gesenktem Kopf und zu Boden gerichteten Augen zu gehen.

Inzwischen ist ein nicht wiedergutzumachender Schaden entstanden. Korrumpierung der Nation. Der Freiheit. Im Parlament wird vorgeschlagen, dass verboten werden soll, diejenigen, die mit wiegenden Hüften und gesenktem Kopf und zu Boden gerichteten Augen gehen, zu verhöhnen. Wozu wollen die wohl noch alles Gesetze machen? Bald darf man nichts mehr über Leute sagen, die ihr Bonbonpapier nicht in den Abfallkorb werfen, oder über solche, die mit dem Fahrrad mitten auf der Straße schlingern. Das geht nicht, schreibe ich. Es geht um unsere Zukunft. Unsere Nachkommen. Es gibt Dinge, die müssen gesagt werden. Zum Besten der Nation. Das kann man nicht verbieten. Wir leben oberhalb des Bahndamms. Das schreibe ich an die Zeitung. Mit einer Gesetzesänderung zwingt man die Bevölkerung zu zivilem Ungehorsam. In den Straßen werden Steine geworfen. Flaschen mit entzündlichem Benzin und Derartiges. Dann bekommt nicht nur jeder, der mit wiegenden Hüften und zu Boden gerichteten Augen geht, leicht mal eine brennende Flasche an den Kopf, sondern auch die Politiker. *Rottet das Problem aus! Rettet die Nation!,* rufen wir. Im Takt. Einzelne Parteien beginnen zu verstehen. Eine sieht ein, dass das Land verloren ist, wenn erst mal alle so herumlaufen, mit wiegenden Hüften und gesenktem Kopf, die Augen zu Boden gerichtet. Eine andere begreift, dass es ein Menschenrecht ist, lernen zu dürfen, aufrecht und mit erhobenem Kopf zu gehen, die Augen geradeaus. Wir sind alle gleich, wie sie sagen. Ihre Gründe sind mir gleichgültig, solange sie das Problem ausrotten. Man ist dafür oder dagegen. Wir sind die Stärkeren. Wir sind die Mehrheit. Wir gewinnen. Das geht aus den Meinungsumfragen hervor. Danach ist es schneller vorbei als erwartet. Die Politiker sehen ein, dass wir recht haben. Das zeigen die Meinungsumfragen. Es geht um die Nation! Das Problem muss ausgerottet werden. Die Demokratie hierzulande funktioniert: Die Bevölkerung wurde gehört. Ein Gesetz zur Ausrottung des Problems ist erlassen worden. Es ist verboten, mit wiegenden Hüften und gesenktem Kopf, mit zu Boden gerichteten Blicken herumzugehen. Ein nationaler Kompromiss. Kliniken wurden im ganzen Land eingerichtet, in denen man kostenlos lernen kann, sich den verbotenen Gang abzugewöhnen, und stattdessen lernt, aufrecht zu gehen, mit erhobenem Kopf und Augen geradeaus. In einem Paragrafen sind verschiedene Formen zu gehen aufgenommen. All das, was man nicht sagen darf. Auch nicht *das Problem ausrotten,* was unglückliche Implikationen umfasst. Ärgerlich. Nun ja, das sind nur Wörter. Wir können immer wieder andere finden, wenn das nötig werden sollte. Was durchaus sein kann. Sieh nur die drüben aus dem Westen. Die sagen inzwischen, wir im östlichen Teil der Nation, wir seien Unruhestifter. Dass der Konflikt mit denen unten am Bahndamm nie so weit gekommen wäre ohne uns aus dem Osten. Nur weil wir mit so hohem, lang gezogenem A sprechen, würden wir glauben, wir seien besser als andere. Wüssten es besser. Sie sagen, dieses lang gezogene A, das müsste verboten werden. Als wenn ich mit einem lang gezogenen A sprechen würde. Nur weil ich hier drüben im östlichen Teil geboren wurde und aufgewachsen bin. Ein A ist doch wohl ein A? Hören Sie doch: A. Das mag ja ein winziges bisschen lang gezogen sein. Eigentlich recht hübsch. Wir sind mit unserem A sehr zufrieden. Das schrieb ich an die Zeitung. Nachdem ich das mit dem Nachbarn gecheckt hatte und wir uns in der Sache einig waren. Dass so ein lang gezogenes A unendlich freundlich klingen kann. Fast schon wie ein ganzes Gespräch. Was? Jetzt schreiben sie in Artikeln drauflos, man solle die Sprache reinigen. Die Unruhestifter stoppen! Und das dürfen die ungestraft sagen. Ich wage mich nicht mehr vor die Tür. Aber die Polizei sagt, sie könne nicht eingreifen. Im Rahmen des Gesetzes habe jeder das Recht, sich zu äußern, wie er will. Und die Aufforderung *Stoppt die Unruhestifter* könne man nicht als Drohung gegen jemanden verstehen. Sie behaupten es immer weiter, egal, wie oft ich ihnen erklärt habe, ich wüsste, das sei gegen mich und alle anderen hier im östlichen Teil gerichtet. Gegen unser lang gezogenes A. Stoppt die Unruhestifter! Als wüsste ich nicht genau, worauf das hinausläuft. Nur weil die mit ihrem abgebrochenen, flachen A in der Überzahl sind.

Reinigt die Sprache!

Wo kämen wir denn hin, wenn alle ungestraft herumlaufen und so was sagen könnten?

Der türkische Teppich

»Der da!«

Mein Vater zeigt auf den Teppich, den der Händler zuletzt hereingetragen hat.

Ich hocke mich davor, streiche behutsam über die Kante. Ganz glatt fühlt sich der Teppich an und erstaunlich weich, als würde man in warmes Wasser tauchen. Er ist blau und golden mit einer schmalen dunklen Kante, ein kompliziertes Muster rankt sich um Abbildungen von Straußen, Kamelen, Schlangen und seltsamen Fantasietieren in Rot, Orange und einem hellen Grünbraun. Einige der Tiere und ein Teil des Musters haben einen Rand in demselben Kaffeebraun wie die Teppichkante, andere liegen direkt in dem Blau und Gold, so als wären die Farben kopfüber in den Teppichflor gesprungen und zu seltsamen Geschöpfen verschmolzen.

»Wollen kaufen?«, fragt der Händler in gebrochenem Englisch. »Billiger Preis … Ware sehr gut …«

Er ist ein kleiner, magerer Mann mit dunklem, wettergegerbtem Gesicht. Schmal und voller Falten ist es, mit einer krummen Nase, die aussieht, als wäre sie irgendwann gebrochen und nie gerichtet worden. Auch die Arme des Mannes sind schmal und knorrig, so wie die dünnsten Äste eines Apfelbaums. Aber die Teppiche trägt er, als hätten sie kein Gewicht, und seine Füße bewegen sich so leicht, dass es wie ein fremdartiges Ballett aussieht. Seine Augen sind dunkelbraun und sehr freundlich, doch diese Freundlichkeit ist wie ein merkwürdiger

Stolz. Als hätte er seine Ehre in die Freundlichkeit gelegt und trüge sie zwischen den Schultern, die er ganz gerade hält. Und das, obwohl mein Vater derjenige mit dem Geld ist.

»Ja, der ist der schönste«, sagt mein Vater und nickt dem Händler zu. »Stimmt's, Inga?«

Ich schaue vom Händler zu meinem Vater und spüre, wie mir eine juckende Röte ins Gesicht steigt, und ich würde gern schnell Ja sagen. Wir brauchen keinen Teppich, würde meine Mutter sofort einwenden. Im Grunde genommen gibt es sowieso nicht viel, was wir brauchen, wir haben schon alles. Meine Eltern sehen das nicht so, aber meine Mutter will das Geld lieber für Urlaubsreisen in ferne Länder ausgeben oder für den Umbau unserer Küche als für türkische Teppiche oder anderen Kram. Deshalb hat mein Vater ihr auch versprechen müssen, heute nichts zu kaufen.

»Stimmt's, Inga?«, sagt er noch einmal und schaut mich an. Er spricht jetzt etwas lauter, und ich würde ihn gern an Mutters Worte erinnern, aber meine Zunge ist völlig trocken und liegt ganz still und will nichts sagen. Vielleicht ist es auch besser, denn ich bin ja froh, dass er mich nach meiner Meinung fragt, das kommt nicht so oft vor, und jetzt sind wir zwei unterwegs, nur wir zwei, und das kommt auch nicht so oft vor. Mein großer Bruder und meine zwei kleinen Schwestern wollten lieber an den Strand, als sich Ruinen anzugucken, also sind sie mit unserer Mutter am Meer geblieben, wo man Tretboote ausleihen und mit anderen Kindern Beachvolleyball spielen kann. Außerdem liegt meine Mutter am liebsten in der Sonne.

Mein Vater lächelt ohne Lippen und mit zusammengekniffenen Augen, und ich meine, ich hätte ihn schon mal auf die Art lächeln sehen, aber wann und wo, da bin ich mir nicht sicher. Ein Lächeln, bei dem ich den Atem anhalte, auch wenn in meiner Lunge für so viel Luft eigentlich gar kein Platz ist.

»Ja«, sagt er nun laut zum Händler, ohne meine Antwort abzuwarten, und genau da funktioniert meine Zunge wieder, ich nicke und ein geflüstertes Ja löst sich, zusammen mit der Luft, die ich ganz leise und lautlos zum rechten Mundwinkel herauslasse.

Doch mein Vater hat sich schon wieder weggedreht, sodass nur der Händler meine Antwort mitbekommen hat. Seine Augen in dem wettergegerbten Gesicht lächeln mit derselben Freundlichkeit wie die Schultern, aber ich will nicht zurücklächeln, hole nur mein Handy aus der kleinen Tasche und tue so, als lese ich eine Nachricht, die es aber gar nicht gibt.

Der Händler erteilt einen Auftrag, ich sehe zwar niemanden, aber wenig später kommen zwei Jungen mit einem Tablett, auf dem eine Teekanne und niedrige Teegläser mit einem Muster aus kleinen goldenen Rechtecken stehen. Der Jüngere der beiden, der ungefähr so alt wie ich zu sein scheint, schenkt ein und hält meinem Vater das Tablett hin, damit er sich ein Glas nimmt. Der Händler nickt mir zu, ich soll auch eins nehmen, aber ich mag keinen Tee und schüttele den Kopf.

»Nein danke«, sage ich mit den wenigen englischen Brocken, die ich beherrsche.

Wir sitzen auf einer Bank unter einem Halbdach, auf einer Art Terrasse, die zu dem offenen Teppichgeschäft gehört. Es liegt an einer Ecke des kleinen Marktplatzes, auf dessen Mitte ein ausgetrockneter Springbrunnen steht. Der Tag war anstrengend. Wir waren schon früh am Morgen aufgebrochen, erst mit dem Taxi von dem kleinen Gasthaus in unserem Dorf nach Bodrum, von dort zusammen mit all den anderen Dänen über Milas nach Ephesos. Auf dem Weg machten wir einmal Halt an einem Restaurant, wo es Frühstück gab – Eier mit einem weißen Käse, der komisch schmeckte – und wo wir Wasser und Pistazien kaufen konnten. Im Bus wurde mir schlecht, aber ich habe mich kein einziges Mal beschwert. Auch dann nicht, als wir stundenlang in der prallen Sonne zwischen den alten Ruinen herumliefen.

Ephesos war einmal eine riesige Stadt mit einer Bibliothek, Tempeln, Terrassenhäusern, Grabdenkmälern und so etwas Ähnlichem wie Triumphbögen. Auch Theater hatten sie da. Amphitheater, hat mein Vater gesagt. Ephesos war erst griechisch und später römisch, weshalb es europäisch ist und gar nicht türkisch, hat mir mein Vater erklärt. Er wusste alles besser als unser Reiseführer, und ich fand's wunderschön, zusammen herumzugehen, auch wenn ich mich sonst nicht besonders für Geschichte und alte Sachen interessiere.

Als Nummer zwei von vieren ist es mir fast unmöglich, meinen Vater mal ganz für mich allein zu haben. In der Regel passiert das nur, wenn ich mir selbst in die Backe beiße, um nicht einzuschlafen, dann hab ich manchmal Glück und die anderen sind schon schlafen gegangen, wenn ich nach unten komme, selbst meine Mutter: Nur mein Vater sitzt dann noch da, mit der Zeitung oder einem Glas Wein, und wir können uns ein bisschen unterhalten, falls er dazu aufgelegt ist. Aber oft passiert das nicht, und heute ist also ein Festtag, noch besser als mein Geburtstag neulich, als ich elf wurde und die ganze Klasse zu Besuch kam. Deshalb gebe ich, die ich sonst so oft, ja fast immer, irgendwas verkehrt mache, mir auch so viel Mühe, lächele viel und beklage mich über nichts und bin in allem mit meinem Vater einer Meinung.

Sogar als ich über eine mehrere Tausend Jahre alte Treppenstufe gestolpert bin und es anfing zu bluten, habe ich nichts gesagt. *Rubine, Rubine*, habe ich mir bloß zugeflüstert, so leise, dass ich es selbst kaum hören konnte, während ich die Blutstropfen betrachtete, die an dem welken Unkraut hinunterliefen, das neueren Datums war. Dann bin ich schnell zu meinem Vater gelaufen und hab seine Hand genommen.

Ich bin nicht gerade klein für mein Alter, aber ich kann mich kleiner machen, als ich bin. Falls ich es nicht vergesse, wie es mir sonst oft passiert.

Auf dem Rückweg nach Bodrum nahm unser Bus einen anderen Weg und fuhr über viele enge Straßen, die sich wie Ottern die Berghänge hinauf- und hinunterschlängelten, eine nach der anderen, bis mir fast wieder schlecht wurde. Aber dann erreichten wir endlich das Restaurant in dem kleinen Dorf, das unser letzter Stopp auf dem Ausflug sein sollte. Auf einer Terrasse mit Aussicht über Olivenhaine, kleine Lehmhäuser und Täler, die wie ein bewegtes grünes und braunes Meer aussahen, bekamen wir ein großes Mittagessen serviert. Alle anderen aus unserem Bus waren Ehepaare oder ganze Familien mit Kindern, und anscheinend fanden sie es nett, dass mein Vater mit mir alleine unterwegs war. Vor allem die Frauen machten ein Mordsgetue um uns, und die Mütter brachten ihre Kinder dazu, ihre Süßigkeiten und ihre Limonade mit mir zu teilen, und ich gab mir

Mühe, in der richtigen Dosierung brav Ja danke und Nein danke zu sagen, so wie meine Eltern mir das beigebracht haben.

Am liebsten hätte ich meinen Vater ganz für mich allein gehabt, deswegen antwortete ich auf alle Fragen so knapp wie möglich, auch wenn ich gleichzeitig versuchte, höflich zu sein. Aber wir saßen nun mal beim Essen alle zusammen an einem großen Tisch. Ich saß zwischen meinem Vater und einer dünnen braun gebrannten Frau, die alles an mir reizend fand, von meinem gelben Sommerkleid über die hellroten Sandalen und meine unmöglichen, krausen blonden Haare, die zu sehr wie ich selbst sind, die aber heute wenigstens mit einem Gummi stramm zusammengebunden wurden, bis hin zu der Tatsache, dass ich allein mit meinem Vater unterwegs bin. Ganz reizend!

»Inga isst alles!«, prahlte mein Vater im Gespräch mit der Frau und anderen Touristen, während ich an Garnelen mit Schale kaute, die sich zwischen meinen Zähnen festsetzten, und irgendwelche merkwürdigen Gerichte aß, von denen ich nicht mal richtig den Namen aussprechen konnte: Iskembe Corbasi, Güvec oder Köfte. Wenn ich so tat, als würde ich den Blick hinter den Augen schließen, und mir vorstellte, ich wäre ein Schakal in der Wüste, der den ganzen Sommer über nichts anderes hatte, wovon er leben konnte, dann könnte ich sicher alles runterkriegen, egal was.

Nach dem Essen blieben uns noch eineinhalb Stunden bis zur Abfahrt des Busses, so lange konnten wir uns die Kirche anschauen oder die kleinen Läden am Markt oder tun, wozu wir sonst Lust hatten. Der Reiseleiter sagte es zwar nicht, aber es war klar, dass er es am liebsten hätte, wenn wir etwas kauften, weil wir überhaupt nur deswegen in diesen kleinen Ort gekommen waren. Ich fand die Idee gut, denn ich schaue mir gerne Postkarten an und Teegläser und Schmuckkästchen und was sie sonst haben. Nachdem wir kurz die kleine Kirche angesehen hatten, die schon viele Jahre alt – wenn auch nicht so alt wie Ephesos – und außerdem verschlossen war, sodass wir sie sowieso nur von außen betrachten konnten, landeten mein Vater und ich im Laden des Teppichhändlers.

Auf dem Marktplatz war es unglaublich warm, Luft und Sonne vermischen sich miteinander auf eine Weise, dass Arme und Kopfhaut schon nach kurzer Zeit zu jucken beginnen und man kaum atmen kann. Aber hier im Schatten unter dem halben Dach des Teppichladens ist es kühler, es gibt einen Ventilator, der die Luft herumwirbelt, und hier kann man ganz gut sitzen.

Mein Vater und der Händler reden laut und auffallend konzentriert. Ich verstehe nicht, was sie sagen, ich freue mich bloß, dass mein Vater sich so begeistert anhört. Gleichzeitig macht mich das aber auch unruhig, sodass ich nach kurzer Zeit Mühe habe, still zu sitzen, und mit den Beinen hin und her schaukle, damit ich nicht plötzlich aufspringe und etwas tue, was ich nicht will. Doch dann kann ich trotzdem nicht mehr still sitzen, und ich rutsche von der Bank und hocke mich wieder neben den Teppich, präge mir das Muster ein, die Strauße, Schlangen, Krokodile und Fantasietiere, dicke Eidechsen, oder sind es dünne Schildkröten, Kamele und Esel. Außerdem eine Menge Linien, die an ein Labyrinthspiel erinnern, bei dem nur die Steine fehlen. Einige rote und helle grünbraune Tiere ähneln sogar Elchen, wobei ich nicht glaube, dass es in der Türkei Elche gibt, also sind sie wohl was anderes. Oder stellen sich die Türken vor, sie hätten Elche, so wie wir im Norden uns an dunklen Wintertagen, wenn nasser Schnee fällt und es draußen hässlich und matschig und eisig ist, Sonne und warme Badestrände vorstellen?

Der Teppich leuchtet direkt, so schön ist er. Ich weiß, dass meine Mutter böse wird, trotzdem hoffe ich, dass mein Vater sich mit dem Händler über den Preis einig wird und wir den Teppich mitnehmen können. Wer so einen Teppich zu Hause hat, bei dem ist sozusagen alles perfekt, selbst wenn man selbst vielleicht nicht so ist. So geht es mir mit allem Schönen, mit Dingen, die weich und glatt sind. Deswegen wünschte ich mir auch, dass ich glatthaarig und wohlerzogen wäre wie meine Geschwister, die alle drei immer ordentlich aussehen und nicht wilde Haare haben und insgesamt nicht wild sind wie ich und meine Haare, die immer ohne Grund seltsame Dinge tun. Meinen Geschwistern gelingt es deswegen auch leichter, einen guten Platz in den Herzen anderer zu bekommen.

Ich finde nicht einmal in meinem eigenen Herzen immer Platz. Aber der Teppich, der Teppich ist golden und blau und unendlich schön und glatt, und wenn ich ihn nur ansehe, wird mein Herz größer.

Der Händler erzählt etwas über den Teppich, wo er herkommt, was die Muster symbolisieren, wie besonders das Garn ist, und mir wird langweilig. Der Junge, der den Tee serviert hat, sitzt inzwischen auf einem Stapel Teppiche in der gegenüberliegenden Ecke. Immer wieder schaut er aus den Augenwinkeln zu mir herüber, und ich gucke auf mein Kleid, ob es schmutzig geworden ist, und auf meine Zehen, ob sie noch bluten. Und auch wenn er mir nicht auf die Beine guckt, ziehe ich doch mein

Kleid ein Stück hinunter, damit es die Knie bedeckt. Dann streiche ich mir mit der Hand über den Kopf, ziehe das Gummi noch einmal stramm, sodass die Haare so glatt und straff wie möglich aus dem Gesicht gebunden sind. Wenigstens das. Der Rest quillt unterhalb des Haargummis hervor, fällt dick und unbändig und viel zu warm auf den Rücken, sodass ich im Nacken schon ganz verschwitzt bin. Meine Mutter will nicht, dass ich mir die Haare kurz schneiden lasse, deshalb habe ich das einmal selbst gemacht. Aber da standen sie mir bloß wie Stachelschweinstacheln vom Kopf ab, da half auch kein Haarband mehr. Also ist es immer noch besser, sie sind lang und lassen sich wenigstens zum Teil bändigen.

Der ältere der beiden Jungen, der bisher bei den Verhandlungen zugehört hat, kommt nun und sagt etwas zu seinem Bruder, der gleich aufsteht. Sie winken mich herüber zu zwei Schränken an der Schmalseite des Ladens, zeigen darauf, dann sehen sie mich an. Die Schränke sind aus dunklem Holz und dickem Glas und voller Schmuck in allen möglichen Farben. Ich kenne gar nicht die Namen all der funkelnden Edelsteine. Goldschmuck gibt es eine Menge, Halsketten und Armbänder, aber auch mehrere Muschelketten, manche sind mit Perlen oder Steinen verziert. Der ältere Junge öffnet den ersten Schrank, holt einige Goldketten hervor und hält sie mir hin, doch ich schüttele den Kopf. Die sind sehr fein und etwas für erwachsene Frauen, aber doch nicht für mich. Nein, mir gefallen die unterschiedlichen Ketten aus Muschelschalen besser, vor allem die mit farbigen Steinen dazwischen. Eine aus grauen und weißen und blauen Muschelschalen, mit einem großen blauen Stein in der Mitte und einem eingravierten Rillenmuster, das ist ganz ohne Zweifel die allerschönste. Ich streiche mit den Fingerspitzen über den Stein, er fühlt sich glatt und weich zugleich an, trotz des eingeschnittenen Musters, das in den Handflächen kitzelt, wenn ich den Stein dazwischen bewege. Irgendwie erinnert mich der Stein an den blauen und goldenen Teppich.

Ich probiere noch ein paar andere Ketten an, aber nur zum Schein, denn ich habe gelernt, dass man sich sein Interesse nicht sofort anmerken lassen darf, und mein Blick geht immer wieder zurück zu der mit dem blauen Stein. Ich probiere sie noch einmal an, und ganz klar ist sie die schönste. Im Spiegel sehen meine grauen Augen mit einem Mal blau und klar aus, man achtet nur noch auf den Stein und nicht mehr auf meine Haare, die von der Hitze noch krauser sind als sonst und an Stacheldraht erinnern. Ich wende den Blick vom Spiegel ab und schaue zu meinem Vater hinüber, will ihn rufen, damit er sich die Kette ansieht, ich habe den Mund schon offen, aber dann breche ich plötzlich ab. Ich blicke von meinem Vater zum Händler und zurück zu meinem Vater. Irgendetwas ist da im Gange, aber ich bin mir nicht sicher, was. Ein bisschen ist es wie ein Fechtkampf, aber natürlich kein richtiger.

»Papa«, flüstere ich trotzdem, aber viel zu leise, er sieht sich nicht nach mir um. Ich versuche es noch einmal, jetzt ein bisschen lauter: »Papa!«, aber er hört mich immer noch nicht, und auch nicht beim dritten Mal. »Papa!«

Ich trete näher. Auf dem Teppich springen Schatten umher, es ist, als hätten die Schlangen aus dem Muster herausgefunden und würden im Teppichflor herumkriechen, Kamele, Esel und diese elchähnlichen Tiere sind auf der Flucht vor Schlangen und Krokodilen. Ich würde meinen Vater gern fragen, ob er die

Kette schön findet und ob er sie mir vielleicht kauft oder mir vielleicht das Geld vorstreckt, sodass ich die Summe nach und nach zusammensparen und die Kette dann selbst bezahlen kann. Oder vielleicht könnten meine Eltern sie auch kaufen und verstecken, als Geschenk zu meinem nächsten Geburtstag? Doch selbst als ich direkt neben ihm stehe und mich fast an ihn anlehne, dreht er nicht den Kopf, sondern schaut immer nur abwechselnd den Teppich und den Händler an. Seine Augen sind kleiner als sonst, die Stirn ist senkrecht gerunzelt, die Mundbewegungen sind merkwürdig straff und eckig, wie bei alten Computergrafiken. Ich sehe auf seine Hand, traue mich aber nicht, danach zu greifen. So stehe ich nur still neben ihm und fahre mir mechanisch mit den Fingern durch die Haare.

Der Händler sieht einen Moment lang zu mir herüber, eine leichte Bewegung geht durch seine geraden Schultern, und er hebt kurz die Hand zum Hals und lächelt freundlich. Ich wende den Blick wieder meinem Vater zu.

»Vierhundert«, sagt der.

»Sechshundert … letztes Wort. Weiter runter ich nicht gehen«, sagt der Händler.

»Tja, dann eben nicht«, sagt mein Vater und steht auf.

Ich laufe schnell zurück zu den Schränken, löse die Kette, gebe sie dem jüngeren der beiden Söhne und schüttele den Kopf. Aber trotzdem schaue ich immer weiter den blauen Stein an, selbst als der schon längst wieder hinter Glas im Schrank liegt.

»Vierhundertfünfzig«, sagt mein Vater. »Mein letztes Angebot.«

»Trinken wir noch Tee«, sagt der Händler.

Einige der anderen Touristen sind inzwischen aufgetaucht; sie sind mit ihren Einkäufen fertig und verfolgen die Verkaufsverhandlungen so interessiert, als hinge irgendetwas davon ab. Die braun gebrannte dünne Frau, die alles so reizend fand, findet auch den blauen und goldenen Teppich reizend. Gleich mehrmals sagt sie das, aber außer mir scheint das niemand zu merken.

Immer weiter gehen die Verhandlungen, mehrmals schenken der Händler und seine Gehilfen neuen Tee ein, bieten auch den anderen Reisenden davon an, die immer zahlreicher werden. Ich wünsche mir bloß, dass mein Vater Ja sagt und bezahlt und wir endlich gehen und den Teppich mitnehmen können. Wir kriegen jedes Jahr einen neuen Computer und fast jedes zweite Jahr ein neues Auto, und auch wenn ich mich mit türkischem Geld nicht auskenne, so teuer kann so ein Teppich doch nicht sein, oder?

»Hallo!« Der ältere der Jungen winkt mich zu sich herüber, und ich will meinen Vater fragen, ob ich mit den beiden auf den Marktplatz darf, aber er hat immer noch diesen eckigen Mund, und ich lasse es lieber.

Das Teppichgeschäft ist das letzte in einer Reihe von Läden am Markt. Auf der anderen Seite der Terrassenwand fällt der Berghang steil ab, die nächsten Meter bestehen nur aus steiniger Erde und vertrocknetem Gras. Die Jungen setzen sich nebeneinander auf eine kleine Steineinfassung neben der Terrassenmauer, in den Schatten eines krummen Feigenbaums. Ich setze mich neben den jüngeren. Es ist schön, hier zu sitzen. Es ist warm, aber immer noch merklich kühler als mitten auf dem Marktplatz. Die Stimmen meines Vaters und des Händlers kann ich deutlich hören, aber sehen kann ich sie nicht, und auch wir sind von der Terrasse aus nicht zu sehen.

Die Jungen beginnen nun ein Spiel mit Steinen. Sie werfen sie in die Luft und versuchen sie wieder aufzufangen, zusammen mit anderen Steinen aus einem Viereck, das sie vorher markiert haben. Ich kenne das Spiel von zu Hause und bin auch gut darin. Aber hier sind die Steine größer, als ich es gewohnt bin, deshalb fallen sie mir am Anfang runter, bis ich mich daran gewöhnt habe. Ich verstehe nicht, was die Brüder untereinander sprechen, aber das macht nichts, auf jeden Fall sind sie lustiger als die Touristenkinder, die auch nicht anders sind als die Kinder zu Hause. Die türkischen Brüder reden mit den Händen und den Augen, und so mache ich es auch, das geht prima, und das Spiel kennen wir alle drei. Die ersten paar Runden verliere ich, dann gewinne ich eine, gleich darauf verliere ich wieder. Derweil heben und senken sich die Stimmen von der Terrasse, und genau als die Stimmen lauter werden, fliegt mir der Stein zu hoch oder zu schief und ich kann ihn nicht fangen. Wenn mein Vater richtig laut wird, mache ich mich ein bisschen kleiner, aber die Jungen scheinen nichts dabei zu finden. Vermutlich sind sie das von Touristen gewöhnt, denke ich. Dann ruft mein Vater noch lauter, und dieses Mal klingt seine Stimme ganz rau und eindringlich, was nur heißen kann, dass der Teppich schon bald mit uns nach Hause reist.

»Fünfhundertfünfzehn. Mein letztes Wort!«

Einen Moment lang ist von der Terrasse kein Laut zu hören. So als hielten nicht nur mein Vater und der Händler die Luft an, sondern auch alle anderen Touristen. Dann hört man die Stimme des Händlers.

»Okay, fünfhundertfünfzehn.«

Eigentlich bin ich dran mit Spielen, aber ich stehe auf und stelle mich auf Zehenspitzen auf die Steineinfassung und sehe, wie mein Vater und der Händler sich die Hände reichen. Mein Vater klopft dem Händler freundschaftlich auf die Schulter, und der Gehilfe des Händlers kommt mit frischem Tee und Limonade und schenkt ringsum ein, während der Händler einen Rechnungsblock holt und eine Karte, eine Art Garantieurkunde, die er uns schon vorher gezeigt hatte zum Beweis dafür, dass er nur gute Ware verkauft und seine Teppiche alle echt sind.

Mein Vater trinkt einen Schluck Limonade, dann lacht er laut. Sein Mund ist noch immer so eckig, auf diese Weise, die ich nicht mag.

»So, das war's«, sagt er und ruft nach mir. »Inga, komm, wir müssen los.«

»Aber die müssen doch erst noch den Teppich zusammenpacken«, rufe ich über die Terrassenmauer zurück.

»Der kommt nicht mit.«

»Aber…«

»Das war nur Spaß. Wollte mal sehen, ob ich …« Mein Vater dreht sich zu dem Händler um und sagt auf Englisch: »Das war bloß ein Spiel. Ich hab gewonnen. Ich hab Sie ausgetrickst.«

Ich sehe den Händler an, der unter seiner wettergegerbten Haut ganz grau geworden ist, und schlagartig verschwindet die Freundlichkeit aus seinen Schultern, die auf einmal rund und seltsam hängend aussehen.

»Aber Sie haben mir Hand gegeben …«, sagt er jetzt.

»I got you!«, wiederholt mein Vater und lacht heiser und noch lauter.

Die beiden Brüder sind jetzt auch aufgestanden. Sie stehen rechts und links von mir, und ich merke, dass auch in ihren Schultern irgendwas passiert, auch wenn ich von außen nichts sehen kann.

Der Händler sagt eine Menge Dinge auf Türkisch, die sich gar nicht nett anhören, auch wenn er dabei weiter mit den Lippen höflich lächelt, aber mein Vater lacht immer noch.

»Habt ihr denn keinen Humor hier?«

Es wird ganz still. So still, wie ich es nicht für möglich gehalten hätte, hier, wo ich schon vorher dachte, stiller könne es wirklich nicht mehr sein. Der Händler ist still, die Touristen sind still, und auch die Jungen sind still. Die Luft steht still, die Hunde liegen still, selbst die Insekten stehen still in der Luft, und die Vögel haben aufgehört zu zwitschern. Mir fällt auf, dass diese Stille einen seltsamen Klang hat, eine Art Brummen, so als würden alle durcheinandermurmeln, aber ohne Ton. Ich sehe, wie einige der anderen Touristen die Augenbrauen hochziehen oder sich auf spezielle Weise ansehen, und die braun gebrannte dünne Frau sieht so aus, als fände sie auf einmal gar nicht mehr alles so reizend.

Ich drehe mich um, gehe langsam in die Knie und gleite mit dem Rücken an der Terrassenwand entlang, auch wenn ich weiß, dass mein Kleid an dem rauen Mauerstein hängen bleiben kann und vielleicht reißt. Aber ich hätte schon Lust, es selbst zu zerreißen, obwohl es mein Lieblingskleid ist, und ich fange fast damit an, als ich auf einmal merke, dass meine Hand noch immer einen Stein hält, den ich hatte hochwerfen sollen, und im nächsten Augenblick knallt dieser Stein mit solcher

Kraft gegen meine Stirn, dass ich seitlich von der Steineinfassung kippe.

»Nein!«, ruft der jüngere der Brüder und zeigt auf mich.

Ich selbst schimpfe halblaut, kann aber nur noch denken, dass mein Kopf wahnsinnig wehtut. Ich spüre, wie meine Stirn aufplatzt und etwas Warmes, wovon ich weiß, dass es Blut ist, über eine meiner Augenbrauen seinen Weg hinunterfindet, bis ich mit dem rechten Auge nichts mehr sehen kann. Und dann ist es gar nicht mehr still, weder mit noch ohne Brummton. Auf einmal zwitschern die Vögel wieder, die Insekten summen laut, und die Touristen kommen angelaufen und rufen alle durcheinander.

Ein Mann zeigt auf den älteren der Jungen.

»Was will man von denen auch anderes erwarten!«, sagt er.

»Die sollten sich was schämen!«, sagt die braun gebrannte dünne Frau. »So ein reizendes Mädchen …«

»Verprügeln sollte man diese Kerle«, sagt ihr Mann.

»Also hier waren wir wirklich zum letzten Mal!«, sagt einer, und ohne dass ich verstehen kann, was die anderen sagen, ist klar, dass sich alle einig sind.

Mein Vater brüllt etwas, aber für mich sind das nur Laute außerhalb meines Gehörs, so wie das Bild, in dem der Händler den älteren der Brüder packt und schüttelt und ihn auf Türkisch anschreit, gleichsam außerhalb meiner Augen bleibt. Alles ist irgendwie weit, weit weg, und ich sehe nichts und nehme nichts wahr außer dem Schmerz in meiner Stirn, auch wenn ich mitbekomme, wie der jüngere Bruder redet und auf den Händler einredet, der auf einmal verwirrt aussieht, von dem anderen Jungen ablässt und zu mir herübersieht.

Die braun gebrannte dünne Frau hat inzwischen ein paar feuchte Tücher aus ihrer Tasche geholt, um die Wunde an meiner Stirn zu reinigen, und mein Vater kommt und drückt mich an sich, und einen Moment lang geht es mir direkt gut. Alles ist wieder in Ordnung, alle haben vergessen, dass mein Vater den Teppich gekauft und doch nicht gekauft hat. Solche Jungen sind immer an allem schuld. Und ich habe es richtig gut mit Papas Armen und Papas Stimme um mich herum, seine Hände streichen mir übers Haar, streichen es glatt, und ich vergesse ganz zu weinen und auch, dass es brennt, als die Frau meine Wunde reinigt.

Irgendwie stehen wir dann wieder auf dem Marktplatz, unser Reiseleiter kommt angelaufen, er steht hinter meinem Vater und sagt: »Hier kommen wir nicht mehr her!«

Die Stirn tut mir weh, aber die Wunde blutet nicht mehr, ich habe ein Pflaster bekommen und fühle mich auch nicht mehr so weit weg. Es ist immer noch schön, dass mein Vater neben mir steht und seine Hand auf meinem Kopf liegt, aber mitten in dem Schönen bekomme ich plötzlich, ohne zu wissen, wo das auf einmal herkommt, immer mehr Lust, mein Kleid zu zerreißen oder irgendwo gegenzutreten. Und als der Händler kommt, immer noch mit diesen runden Schultern, und mir Limonade bringt, da geht mein Mund auf, ohne dass ich es will:

»Die waren das nicht. Ich war's. Ich bin bloß gefallen.«

Wieder ist es still. Aber dieses Mal ist es eine andere Stille als zuvor, auch der Brummton ist nicht da. Diese Stille klingt erst nach Erröten und wird dann langsam zu einer schon übergroßen Freundlichkeit von der Art, zu der lärmende Stimmen und weit offene Arme gehören und bei der niemand dem anderen vielsagende Blicke zuwirft. Doch schon im nächsten Augenblick ist die Stimmung wieder eine andere, die Frauen hören auf zu schimpfen, und die Männer lösen ihre geballten Fäuste. Eine der Frauen, die sich besonders aufgeregt hatte, kauft dem Händler ein Armband ab, und die braun gebrannte Frau kauft ein kleines Schmuckkästchen. Dann sagt der Reiseleiter, es sei höchste Zeit zur Abfahrt, wir seien schon zu spät, und alle machen sich auf den Rückweg zum Bus.

Es pocht hinter meiner Stirn, jetzt tut es richtig weh, aber ich will mich nicht beklagen, denn ich weiß, ich habe wieder einmal irgendwas verkehrt gemacht, ohne dass ich selbst verstehe, wie das kam. Also gehe ich einfach neben meinem Vater her, der jetzt nicht mehr die Hand auf meinem Kopf liegen hat. Den blauen und goldenen Teppich scheinen alle vergessen zu haben. Alle reden nur noch von mir und davon, wie ich gefallen bin und mich blutig geschlagen habe, und davon, wie lange wohl die Rückfahrt nach Bodrum dauern wird, ob wir die kürzere oder die längere Strecke nehmen. Ich würde meinen Vater gern fragen, warum wir den Teppich denn nun doch nicht mitnehmen, aber meine Zunge ist wieder wie eingetrocknet, und ich kann es nicht.

Wir stehen schon vor dem Bus, um einzusteigen, mein Vater geht gerade die Stufen hoch, da spüre ich eine leichte Berührung an der Schulter. Der jüngere der beiden Brüder sagt etwas auf Türkisch, drückt mir ein Päckchen in die Hand und läuft gleich wieder zurück zum Händler, der im Eingang seines Geschäfts steht und kurz einen Arm hebt. Durch das Papier hindurch ertaste ich Muschelschalen, und mittendrin einen glatten runden Stein mit kitzelnden Rillen.

Jetzt bin ich an der Reihe. Schnell stecke ich das Päckchen in die Tasche, straffe den Rücken, halte mich am Geländer fest und klettere in den Bus, ohne nach der Hand zu greifen, die mein Vater mir hinhält.

Gelbes Licht

Sie arbeiten in Schuhfabriken, auf Erdbeerfeldern oder Fischerbooten, in Hotels, Restaurants und in Haushalten. Sie brennen Ziegel in Indien, pflücken Tomaten in Florida, nähen Kleider für teure Marken in Argentinien, bauen in China Mobiltelefone zusammen oder sind Hausmädchen in London, Paris, überall. Das haben sie auf CNN *gesagt. Schlachthöfe, Kleiderfabriken, Reedereien … kein Ort ist davor sicher, kein Mensch geschützt. Ich versteh das nicht: Sklaverei, das gab es doch im alten Ägypten, wie hätten die sonst die Pyramiden gebaut? Dann waren da natürlich noch die Sklaven in den Kolonien, Baumwollfeld an Baumwollfeld. Zucker. Tabak. Die neue Welt. The Americas. Aber das ist alles unendlich lange her. Noch vor der Zeit meiner Großeltern war das, ja sogar vor der meiner Urgroßeltern. Mit uns hat das alles nichts mehr zu tun. Wer heute mitbekommt, dass jemand als Sklave gehalten wird, muss ja nur bei der Polizei anrufen und sagen: »Hallo – mein Nachbar Mr. Soundso hat einen Sklaven, der bei ihm sauber macht und alles.« Dann kommt die Polizei, befreit den Sklaven, und das war's. Wenn doch die Journalisten so viel darüber wissen, wieso stoppen sie die Sache nicht? Dass jemand als Sexsklave gehalten wird, ist noch unfassbarer, denn die kommen doch naturgemäß ständig mit Menschen zusammen, die ihnen helfen könnten, oder?*

Nein, ein Mensch kann einen anderen nicht besitzen. So einfach ist das.

Ein Schlüssel dreht sich im Schloss, gleich darauf höre ich die Schritte meines Vaters im Flur. Ich schalte den Fernseher aus. Mein Vater kann deprimierende Geschichten nicht ertragen, und Nachrichtensendungen sind immer deprimierend. Er kümmert sich um uns. Ja, ich habe noch einen kleinen Bruder und auch eine Schwester. Sie sind Zwillinge. Es ist nicht so, als wäre meine Mutter nicht für uns da, aber sie hat noch zwei Elektronikgeschäfte, um die sie sich kümmern muss. Die sind jeden Abend bis zehn geöffnet, weil die Konkurrenz so groß ist. Deshalb sehen wir unsere Mutter meist nur am Wochenende. Sonntags. Unter der Woche ist mein Vater derjenige, der hereinkommt und die Einkäufe in die Küche bringt.

Lammkoteletts und Kartoffelbrei soll es heute Abend geben. Mein Vater ist ein guter Koch.

Meine Mutter kommt immer erst nach Hause, wenn wir schon im Bett liegen, sogar ich, obwohl ich schon fünfzehn bin. Das ist ein gutes Alter. Mein Großvater hat angeblich in dem Alter die Schule und sein Zuhause verlassen. Ab da sei er ein Mann gewesen. Mit gerade mal siebzehn habe er seine eigene Reinigungsfirma gegründet, die mein Vater später auf keinen Fall übernehmen wollte. Aber auch das war eine andere Zeit. Mein Großvater lebt nicht mehr, die Firma läuft unter einem anderen Namen, sie ist jetzt eine Aktiengesellschaft, die ganz anderen Leuten gehört, vielleicht sogar solchen in einem anderen Land. Ich dagegen gehe noch zur Schule, mein Vater fängt morgens früh an und kommt nachmittags zeitig nach Hause. Das ist gut so.

»Heute Abend gehe ich mit Kevin ins Kino«, sage ich zu meinem Vater, und es ist okay. Für meinen Vater ist immer alles okay, solange es für mich okay ist.

Meine Mutter hat keine Meinung zu diesen Dingen, zumindest äußert sie sie nicht laut. Vielleicht hat sie auch nur keine Zeit, etwas dazu zu sagen. Es gibt auch nicht viel zu sagen, ich komme in der Schule gut mit, erledige die Einkäufe, sorge morgens dafür, dass die Zwillinge aufstehen, bringe sie zur Schule und hole sie nachmittags ab und passe auf sie auf, bis mein Vater kommt. Deswegen sagt auch nie einer was, und ich kann ansonsten machen, was ich will. Dazu gehört, dass ich darauf achte, wann mein Vater nach Hause kommt.

Heute Abend bin ich derjenige, der spät nach Hause kommt, Kevin und ich waren nämlich nach dem Kino noch Nachos essen. Ganz leise schließe ich die Tür auf, schleiche mich hinein und hoffe, dass niemand die knarrenden Dielen hört. Aber ich weiß, es ist okay. Meine Mutter ist schlafen gegangen, aber selbst wenn sie mich gehört hat, wird mein Vater ihr sagen, dass es schon okay ist. Ich weiß nicht, wieso immer alles okay ist, aber so ist es. Ich schlafe schnell ein und schlafe tief und fest, doch als ich wieder aufwache, ist es erst drei, und ich kann nicht mehr schlafen. Obwohl ich mitten in den Nachrichten abgeschaltet habe, muss ich immer an diese Sache mit den Sklaven denken. Sie will mir einfach nicht aus dem Kopf gehen. Was ich nicht verstehe: Wo ist der Unterschied, ob ich eine Arbeit mache, die mir nicht gefällt, vielleicht auch für jemanden, den ich nicht mag, oder ob ich der Sklave von jemandem bin? Hängt es mit der Art der Arbeit zusammen? Mit der Bezahlung? Der Arbeitszeit? Ich bin mir nicht sicher. Die Zeit kann es eigentlich nicht sein. Sieh nur, wie viel meine Mutter arbeitet, und sie ist keine Sklavin! Ich habe mit Kevin darüber geredet, deshalb ist es auch so spät geworden, aber er hatte überhaupt keine Antwort darauf, er fand es bloß idiotisch, sich über so was Gedanken zu machen, vor allem, wenn Mädchen in der Nähe waren. So viele waren es gar nicht, aber vielleicht hatte Kevin trotzdem recht.

Ich frage nicht meinen Vater, sondern meinen anderen Freund. Ahmed geht in meine Klasse, und er kennt sich mit solchen Sachen aus.

»Ein Sklave hat keine Wahl«, sagt er.

Darüber denke ich lange nach. Auch Kinder haben selten die freie Wahl, trotzdem sind sie keine Sklaven. Das heißt, manche schon, wenn man den Nachrichten glauben kann. Aber die allermeisten nicht. Trotzdem können Eltern, Lehrer und andere Erwachsene über Kinder bestimmen, auch wenn die keine Sklaven sind. Der Gedanke macht mir Kopfschmerzen, denn ich komme zu keinem Schluss. Also denke ich an etwas anderes, daran, dass Sklaven die Freiheit haben zu denken, was sie wollen, womit ich wieder am Anfang bin, und darüber vergesse ich fast, das zu bemerken, worauf ich seit vielen Monaten sorgfältig geachtet habe.

Meist ist es dienstags, aber manchmal auch an anderen Tagen. Heute ist Montag. Meine Geschwister merken nichts, und ich habe ihnen nichts davon gesagt. Im Großen und Ganzen interessieren sie sich nur füreinander, die Schule, ihre Flötenstunden und sowas, und das ist auch am besten. Sie sind wie ein altes Ehepaar, nur eben in Klein. Heute zum Beispiel kriegen sie nicht mit, wie unser Vater dreiundvierzig Minuten zu spät nach Hause kommt.

Jeder kann kommen und gehen, wie er will. Das hier ist ein freies Land. Vater ist doch kein Sklave!

Es ist nur so, dass er sonst immer zur gleichen Zeit nach Hause kommt, es sei denn, er muss auf dem Weg noch einkaufen, aber da ich es seit einigen Monaten übernommen habe, die Einkäufe auf dem Heimweg von der Schule zu erledigen, gibt es keinen Grund mehr, wieso er zu spät sein könnte.

Nur wie viel er zu spät kommt, das ist immer anders. Mal ist er dreiundvierzig, mal achtundvierzig, mal vierundfünfzig Minuten zu spät, auch schon mal ganze anderthalb Stunden, ein anderes Mal hingegen nur fünfunddreißig Minuten. Zu spät gemessen woran? Wir haben eine Absprache, dass ich auf die Zwillinge aufpasse, bis er nach Hause kommt. Er hat um vier Uhr frei und kann ziemlich genau eine Viertelstunde später zu Hause sein. Er fährt immer mit dem Rad. Aber jetzt gerade habe ich keine Zeit, darüber nachzudenken, denn ich will die Nachrichten sehen. Es geht um eine Ölpest, um die Finanzkrise und um Menschen, die ihre Häuser verlieren. Und wieder einmal um Sklaven. Um Kinder, die aus Nachbarländern entführt und über die Grenze zur Elfenbeinküste verschleppt werden, wo sie auf Schokoladenplantagen arbeiten sollen. Bloß damit wir hier billig Schokolade kaufen können. In vielen Ländern sind die Menschen so arm, dass Onkel, Cousins, Brüder, ja sogar Eltern Kinder an Sklavenhändler verkaufen. Jetzt schreit mein Bruder Ivan, und ich gehe nachschauen. Meine Schwester Irene zieht ihn an den Haaren. Als ich zurückkomme zum Fernseher, ist der Sprecher schon beim nächsten Thema, anschließend kommt Werbung für Shampoo und für teure Schokolade mit dem Geschmack von grünem Tee. Gerade will ich vors Haus gehen und nach meinem Vater Ausschau halten, da sehe ich durchs Küchenfenster seine rote Jacke, höre erst das Quietschen der Fahrradbremse und gleich darauf den Schlüssel in der Tür. Ich gehe hinaus auf den Flur. Betrachte meinen Vater prüfend, während er seine rote Windjacke aufhängt, und ob es nun an mir liegt oder ob irgendetwas mit seinen Augen ist, jedenfalls kommen sie mir größer vor als normal und gleichzeitig irgendwie abwesend, nein, jetzt übertreibe ich, ich habe zu viel ferngesehen.

Er lacht, und wir machen zusammen Essen.

Ausnahmsweise helfe ich, das heißt, eigentlich habe ich das in letzter Zeit immer häufiger gemacht. Das ist auch eine Methode, damit die Zeit vergeht, die Stunden und Minuten, bis alles wieder so ist wie früher und ich dieses komische Ziehen im Kreuz vergessen kann, das Gefühl, dass irgendetwas nicht stimmt. Was das sein könnte, weiß ich selber nicht. Meine Mutter liegt im Krankenhaus, das weiß ich schon lange, auch wenn ich so tue, als wäre das nicht so. Anfangs war sie nur gelegentlich in der Klinik, wenn ihr alles zu viel wurde, wie mein Vater sagte. Dieses Mal ist sie schon lange da, und ich bin mir nicht sicher, ob sie noch einmal zurückkommt. Mein Vater behauptet das, auch wenn sie uns nicht immer erkennt, wenn wir sie sonntags besuchen. Das kommt von der Medizin, sagen die Ärzte, die macht irgendwas mit den Köpfen der Leute, und der Kopf meiner Mutter hat ja auch vorher schon nicht so gut funktioniert. Ich weiß nicht, was ich glauben soll, deshalb tue ich einfach so, als wäre alles wie immer. Dabei passe ich auf, dass alles auch wirklich so aussieht, damit weder die Zwillinge noch sonst jemand auf die Idee kommen, irgendwas könnte nicht stimmen.

Ich mache alles so, wie es sein soll. Die drei Male, die ich meinen Vater gefragt habe, hat er nicht geantwortet. Oder er hat gesagt, er habe Besorgungen machen müssen, aber die Batterien, Kneifzangen oder Ladegeräte, die er angeblich gekauft hatte, habe ich nie gefunden. Also habe ich aufgehört zu fragen.

Auch nicht danach, wieso er von rechts gekommen ist, aus der Elm Street, und nicht von links, von der Jackson Hill, so wie sonst.

Die Tankstelle in unserem Ort zu verwalten hat den Vorteil, dass der Weg dahin kurz ist. Mein Vater findet nicht, dass er einen großartigen Job hat, und das stimmt vielleicht auch, aber er kann gut mit Leuten umgehen, sie mögen ihn und geben ihm großzügig Trinkgeld. Sein Job ist vielleicht nicht so toll wie der meiner Mutter, also der, den sie hatte, bevor sie immer wieder in die Klinik musste, aber trotzdem ist es eine ausgezeichnete und sehr wichtige Arbeit. Die Leute brauchen schließlich Benzin, sonst stünden alle Autos still. Die festen Arbeitszeiten sind ein weiterer Vorteil. Oder auch Nachteil. Diese Woche bin ich den Weg dreimal abgeradelt, aber selbst wenn ich extrem langsam fahre, brauche ich höchstens siebzehn Minuten. Die Lincoln Avenue ein gutes Stück hinunter bis zur Ecke Kennedy Road, dann links ab in die Jackson Hill Street und weiter oben am Hang links in die Chestnut Road, in der wir in einem blauen Haus wohnen. Selbst wenn man einen Umweg macht und von der Jackson Hill in die Elm Street einbiegt, die sich den Hang hinaufwindet, braucht man höchstens vier Minuten länger, was also auch keine Erklärung wäre. Und warum sollte man überhaupt diesen Umweg machen?

Als ich ihn ein paar Tage später dann doch frage, sagt er nur, dass er zwischendurch gerne eine andere Strecke fährt. Um mal was Neues zu sehen.

Als ich selbst anfange, die Elm Street entlangzufahren, fällt mir zum ersten Mal das Backsteinhaus mit dem gelben Licht auf. Ich bin sogar ein paarmal daran vorbeigefahren, bevor ich es überhaupt bemerkt habe. Zuerst ist mir nur aufgefallen, wie rissig der Asphalt in dieser Gegend ist, wie baufällig die Häuser wirken, wie unordentlich die meisten der Vorgärten aussehen: kaputte Autos teilen sich den Platz in der Garage mit abgefahrenen Reifen, rostigen Fahrrädern, halb zerlegten Mopeds und Kinderwagen, an denen die Räder fehlen. Erst im Oktober, als die Tage kühler und dunkler werden, fällt es mir auf. Eigentlich ist das Licht gar nicht richtig gelb, eher so ein mattes Gelbgrau, als wäre die Birne zu schwach. Das Haus aus rotem Backstein ist alt und liegt zurückgezogen am anderen Ende des Gartens. Auf einer Veranda stehen ein paar alte Korbstühle. Sonst ist nichts zu sehen, außer einer niedrigen Hecke und einem sehr aggressiven Hund, der an einer Kette liegt. Und dem schwachen graugelben Licht. Das ist alles. Es gibt auch deshalb nichts zu sehen, weil alles immer gleich aussieht. Aber genau das ist es, weswegen mir das Haus auffällt. Bei den anderen Häusern in der Gegend ist mal das Gartentor nur angelehnt, die Fenster stehen offen, die Vogeltränken im Garten sind umgekippt, die Fahrräder stehen an anderer Stelle, oder Teppiche hängen zum Lüften über einer Stange. Entweder brennt in den Häusern Licht, dann scheint es ganz hell selbst durch dichte Gardinen hindurch, oder es ist absolut dunkel. In dem roten Backsteinhaus hingegen: gar nichts. Die Gardinen sind immer zugezogen, die Fenster stets geschlossen. Die Korbstühle stehen immer am selben Platz, selbst als es Herbst und täglich kühler wird, bleiben sie da. Die Garage ist geschlossen und wird nie aufgemacht, man sieht weder Autos noch Fahrräder und auch keine ausgedienten Kinderwagen, Planschbecken, Fußbälle oder sonstigen Kram, aus dem man schließen könnte, dass das Haus bewohnt ist. Trotzdem ahne ich immer dieses gelbliche Licht hinter den Gardinen, sobald es draußen dunkel genug wird. Irgendwer muss also da leben.

Ein paarmal bin ich stehen geblieben und habe das Haus beobachtet, doch kein einziges Mal ging die Tür auf. Als ich neulich so dastand, die Beine rechts und links vom Rad, und zur Tür hinüberschaute, da sah ich sie. Beim ersten Mal habe ich gedacht, ich hätte mir nur etwas eingebildet, aber gestern Abend habe ich sie wiedergesehen.

Erloschene Sonnen, so sahen sie aus.

»Du machst dir zu viele Gedanken«, sagt Kevin.

Dann ist alles wie immer. Wir spielen Fußball, und als der Ball gerade über die Seitenlinie gegangen ist, kann ich es mir nicht verkneifen, Kevin zu fragen, ob ihm auch aufgefallen sei, dass irgendetwas merkwürdig ist an dem roten Backsteinhaus in der Elm Street, nur drei Häuser entfernt von der Einmündung der Jackson Hill. Kevin kommt ja jeden Tag zweimal auf dem Schulweg dort vorüber. Irgendwann müssen sie doch mal draußen sein. Die japanischen Mädchen, so nenne ich sie, auch wenn ich keine Ahnung habe, ob sie wirklich Japanerinnen sind. Aber wir haben gerade in Geschichte Pearl Harbor durchgenommen, und deswegen denke ich immer, es könnten doch Nachkommen von japanischen Piloten sein, die damals gefangen genommen wurden und die seither hinter geschlossenen Gardinen und Türen leben müssen.

Ab und zu kann man ihre Gesichter am Fenster sehen, sie pressen sich ganz dicht ans Glas, wie kleine runde Scheiben, auf denen nie ein Lächeln erscheint.

»Mir ist nichts aufgefallen«, sagt Kevin. Aber das ist nicht weiter verwunderlich, Kevin kriegt nie richtig mit, was so ringsum passiert, er erfindet nur dauernd irgendwelche Sachen oder Mechanismen, die wir dann zusammenbauen. Außerdem ist er ein guter Fußballer und in Louisa verliebt.

Aber bevor wir weiterspielen, verspricht er mir immerhin, mal darauf zu achten. Und es dauert nicht lange, da kommt er mit leuchtenden Augen in die Schule und sagt, jetzt habe er sie gesehen.

»Die Japanerinnen?«

Kevin nickt, und wir sind uns einig, dass wir unbedingt weitere Nachforschungen anstellen müssen.

Es dauert ein paar Tage, bis wir dazu kommen, denn wir haben Projektwoche und ich muss länger in der Schule sein. Mein Vater hat die Abendschicht an der Tankstelle übernommen, aber deshalb muss ich, wenn ich endlich freihabe, schnell nach Hause zu den Zwillingen und kann nicht mehr raus.

Aber am folgenden Montag können wir endlich mit unseren Nachforschungen anfangen. *Mission Erloschene Sonnen* nennen wir unser Vorhaben. Sobald mein Vater nach Hause kommt, radle ich zu Kevin, und zusammen fahren wir dann weiter zum roten Backsteinhaus in der Elm Street, jeder mit seinem Penny Board unter dem Arm. Sie sind aus leuchtend gelbem Kunststoff mit orangeroten Rädern, es macht Spaß, damit zu fahren, vor allem aber sind sie unsere Ausrede, weswegen wir da in der Straße sind, in der keiner von uns wohnt.

Grünes Unkraut, trockene Erde, mehr gibt's in dem Garten nicht. Er ist genauso leer, wie vorher, als ich vorbeigeradelt bin, ohne persönliche Gegenstände oder sonstigen Kram. Sonst ist der Garten auch nicht anders als der der Nachbarn. Unkraut und Erde. Auch unser eigener Garten, ein paar Straßen weiter, könnte gut etwas mehr Gras vertragen. Hat vermutlich was mit dem Boden und dem Licht zu tun, dieser Teil der Stadt liegt sozusagen im Schatten des Bergrückens.

Eine Weile stehen wir bloß auf der Straße, unsere Boards unterm Arm, und tun so, als würden wir besprechen, wie wir fahren wollen. Dabei gucken wir immer wieder verstohlen zum roten Backsteinhaus hinüber. Wie üblich ist auch jetzt nicht viel zu sehen. Die Gardinen sind zugezogen, und selbst jetzt, bei Tageslicht, sieht es so aus, als schiene innen dasselbe mattgelbe Licht wie abends. Wir legen unsere Boards auf die Straße und bewegen sie auf dem Asphalt hin und her, nur um ein bisschen Radau zu machen. Aber im Haus rührt sich immer noch nichts, und so fahren wir ein bisschen. Springen die Bordsteinkante rauf und runter, wenden und wiederholen das Ganze.

Wir grölen herum, lassen unsere Boards und die Rollen hart aufkommen, wenn wir landen, rufen laut den Namen des anderen, um die Aufmerksamkeit auf uns zu lenken, falls bei den Japanern jemand zu Hause sein sollte. Aber niemand kommt ans Fenster, obwohl schon die Nachbarn zu beiden Seiten rüberschauen. Lange Zeit machen wir so viel Krach und probieren so viele Tricks aus, dass wir die japanischen Mädchen ganz vergessen und gar nicht mehr nach ihnen gucken. Es ist lange her, seit wir zuletzt Penny Board gefahren sind, und ich habe ganz vergessen, wie viel Spaß das macht. Dann auf einmal sehe ich sie, erst die eine, dann die andere.

Das passiert genau in dem Augenblick, als ich falle und mir richtig wehtue bei dem Versuch, nach einem Sprung eine dreifache Schraube zu machen, was mindestens eine zu viel war. Ich liege mit blutenden Ellbogen am Boden und sehe erst ein bleiches Gesicht mit schmalen Schlitzen als Augen, und dann ein zweites, ganz ähnliches, nur etwas kleiner und etwas runder.

»Erloschene Sonnen«, sage ich zu Kevin, aber ich flüstere nur und er kann mich nicht hören, mit dem Finger zeigen will ich aber auch nicht, also starre ich nur zum Fenster hinüber, bis Kevin meinem Blick folgt.

»Wahnsinn!«, sagt er nur.

Die Mädchen hinter der Scheibe lachen, zeigen auf mich, gestikulieren, und zeigen wieder auf mich. Dann muss sie wohl jemand gehört und vom Fenster vertrieben haben, die Gardine fällt zurück an ihren Platz, und obwohl wir noch eine halbe Stunde lang herumfahren, sehen wir die beiden nicht wieder.

Die Ellbogen bluten und tun mir weh, aber das macht nichts.

»Wenn das Nachkommen von Kriegsgefangenen sind, findest du es okay, sie über Generationen hinweg einzusperren?«, fragt Kevin. »Vielleicht übertragen ja solche, die mehrmals lebenslänglich gekriegt haben, die Strafe auf ihre Kinder.«

»Das sind doch keine Tiere im Zoo«, sage ich.

»Nein, aber vielleicht sind sie krank und sehen deshalb so bleich aus und müssen immer im Haus bleiben?«

Ich muss an meine Mutter denken, aber das will ich nicht, also sage ich schnell: »Oder es sind illegale Einwanderer, und die Kinder dürfen erst raus, wenn die Familie richtige Papiere hat?«

Uns wird klar, dass wir Ahmed einschalten müssen, denn auch wenn er nicht skatet und ganz allgemein mit Sport nichts am Hut hat, so weiß er doch lauter Sachen, die sonst niemand weiß. Außerdem ist er der einzige Flüchtling, den wir kennen.

An meine Mutter denke ich nicht: Wenn man zwar gezwungen ist, eingesperrt zu leben, aber nicht gezwungen zu arbeiten, dann ist man kein Sklave.

Ein paar Tage später sind wir zurück, aber wir sehen nichts von den Japanerinnen. Auch nicht, als wir das nächste Mal kommen. Erst beim dritten Mal sehen wir sie. Dieses Mal ist Kevin derjenige, der hinfällt und über den sie lachen müssen. Nicht so laut wie beim ersten Mal, es ist mehr so ein eingeschlossenes Lachen, so als gäbe es nicht so viel davon, dass man alles auf einmal herauslassen dürfte. Oder auch so, als dürfte niemand sie hören. Auf jeden Fall ist es da, und deshalb sind wir uns einig, dass die beiden noch ziemlich klein sein müssen. Sonst fänden sie es ja wohl nicht so lustig, uns hinfallen zu sehen. Da wir sonst keine Japaner kennen, können wir uns nicht sicher sein, aber ich vermute mal, dass sie nicht älter sind als Irene und Ivan. Also zehn. Zumindest die Jüngere nicht.

Ahmed sagt, er schaut mal nach Fotos von anderen japanischen Kindern, dann können wir vergleichen. Außerdem sagt er, dass Japaner in den USA nicht als Flüchtlinge gelten. Nicht heutzutage. Wenn sie nicht Nachkommen von Kriegsgefangenen sind, müssen sie also aus einem anderen Land kommen. Ich weiß, dass er recht hat, Ahmed hat immer recht, aber wir bleiben trotzdem dabei und nennen sie weiter die Japanerinnen.

Wir hatten beschlossen, niemandem sonst von der Sache zu erzählen, aber Kevin redet trotzdem mit Louisa über die erloschenen Sonnen, und nun will sie natürlich auch mitmachen. Ich bin stinksauer auf Kevin, aber er ist mein bester Freund, deshalb kann ich nichts dagegen machen. Von da an fahren wir zu dritt Skateboard, und ob ich will oder nicht, muss ich zugeben, dass Louisa in Ordnung ist. Für ein Mädchen. Sie kann fast so hoch springen wie wir und heult nicht, wenn sie hinfällt, egal, wie weh sie sich tut.

Ich muss an meine kleinen Geschwister denken, an Irene, die auch ein bisschen so ist wie Louisa, und an Ivan, der wegen jedem Mist gleich anfängt zu heulen. Trotzdem habe ich für Ivan ein weiches Herz, vielleicht weil er so etwas Zartes an sich hat und man besonders gut auf ihn aufpassen muss. Ich überlege, ob die kleinen Japanerinnen eher wie Ivan sind oder wie Irene, oder vielleicht von jedem etwas haben. Ich hoffe, sie haben einen großen Bruder, der ein weiches Herz für sie hat und auf sie aufpasst. Aber wir sehen nie jemanden.

Nach ein paar Wochen meint Louisa, wir sollten es der Polizei melden. Kevin ist derselben Meinung, aber Ahmed und ich finden die Idee schlecht. Vielleicht sind es ja wirklich illegale Einwanderer, die dann unseretwegen ausgewiesen werden. Oder sie sind krank und dürfen eigentlich nicht aus dem Haus und werden dann plötzlich dazu gezwungen. Nein, nach vielem Hin- und Herüberlegen sind wir uns einig, dass wir das Haus einfach weiter beobachten.

Erst da entdecken wir den schmalen Weg. Normalerweise sind wir nie am späteren Abend noch da, aber Louisa erzählt uns, dass sie auf dem Heimweg von Kevin an dem Haus mit dem mattgelben Licht vorbeigekommen ist und einen Schrecken bekommen hat, weil plötzlich ein Mann aus der Hecke auftauchte, gleich an der Ecke der Jackson Hill. Er hat ihr nichts getan, hat bloß die Mütze tiefer ins Gesicht gezogen und ist mit schnellen Schritten auf dem Gehweg zur Straße hochgegangen. Louisa, die vor Schreck so heftig gebremst hat, dass sie fast vom Rad gefallen wäre, hat auf die Weise gemerkt, dass es hinter den Häusern, zwischen der Hecke und dem Zaun, einen Weg gibt, auf dem der Mann gekommen war. Da wurde uns klar, wie blöd wir gewesen waren: Wir hatten immer nur den Haupteingang im Auge behalten, aber in all den Stunden, in denen wir vor dem Haus skateten, konnten die Leute zum Hintereingang rein- und rausgehen, ohne dass wir irgendwas davon mitgekriegt hätten.

Möglichst unauffällig ziehen wir nun auf die andere Seite um, und es dauert gar nicht lange, da kommt auch schon ein Mann heraus, und kurz danach geht einer ins Haus, und ein dritter geht weg.

Männer, die kommen und gehen.

Wie bescheuert wir gewesen waren! Jetzt reden wir darüber, dass die japanischen Mädchen sehr krank sein müssen, weil sie so viele Ärzte brauchen, oder vielleicht gibt es auch große Probleme mit dem Asylantrag der Familie, und all diese Männer sind Anwälte. Jeder von uns denkt etwas anderes.

Wir haben keine einzige gute Idee, aber wir sind uns einig, dass wir die Japanerinnen retten müssen, und zwar bald. Selbst wenn das bedeutet, dass wir zur Polizei gehen müssen.

Wir hatten so viel zu tun wegen der erloschenen Sonnen, dass ich eine Zeit lang nur noch selten die Nachrichten sah und auch nicht mehr so genau auf meinen Vater achtete. Erst als es schon halb fünf war und er immer noch nicht zu Hause war, fiel mir ein, dass Dienstag war. Ich hätte mich also nicht für fünf Uhr mit Ahmed, Kevin und Louisa verabreden dürfen. Ivan und Irene sitzen mit Papier, Farben, Schere und Kleber am Küchentisch und basteln Weihnachtsschmuck. Ich gehe zwischen Tisch und Fenster auf und ab und überlege, was ich tun soll.

Es ist Anfang Dezember, und draußen wird es schon dunkel. Ich könnte die anderen anrufen und sagen, dass ich nicht kommen kann oder erst später. Aber ausgerechnet heute wollten wir uns etwas überlegen, wie wir die Japanerinnen retten könnten, außerdem will ich mir mit den anderen den Weg näher ansehen, bevor es ganz dunkel wird. Deshalb habe ich keine Zeit, auf meinen Vater zu warten. Es ist auch lange her, seit ich das Haus entdeckt und ganz alleine beobachtet habe, und ich verspüre den merkwürdigen Drang, vor den anderen da zu sein und mich auf eigene Faust ein bisschen umzusehen. Ich schaue noch einmal nach Ivan und Irene, sage, dass ich wegmuss, dass unser Vater aber gleich kommen wird, und wenn etwas ist, sollen sie mich auf dem Handy anrufen oder zu den Nachbarn gehen. Dann setze ich mich aufs Rad und flitze hinunter zu dem roten Backsteinhaus.

Ich habe so ein eigenartiges Ziehen im Kreuz, das ich nicht

erklären kann. So als hätte ich furchtbar viel zu tun, auch wenn ich gar nicht weiß, womit eigentlich. Vielleicht stimmt irgendwas nicht bei den Japanerinnen, denke ich, und wir sollten uns beeilen, sie da herauszubekommen. Vielleicht ist es so bei erloschenen Sonnen, denke ich, dass man sie innerhalb einer bestimmten Zeit wieder anzünden muss, denn wenn man das nicht macht, ist alles zu spät? Ungefähr so, wie wenn ich bei unserer Schultheateraufführung die Projektoren nicht rechtzeitig anstelle. Bei manchen Dingen gibt es nur eins – jetzt oder nie.

An der Straßenecke schließe ich mein Rad an einen Laternenmast an und gehe das letzte Stück zu Fuß. Die anderen sind noch nicht da, und so gehe ich allein langsam den Weg zwischen der Hecke und dem Zaun hindurch, gebe mir Mühe, so zu wirken, als hätte ich in einem der Häuser etwas zu erledigen; als ginge ich ganz selbstverständlich da entlang.

Erst gibt es nichts weiter zu sehen. Außer mir ist niemand draußen, ich sehe nur die kahlen Bäume und Sträucher, an denen noch Schneereste hängen. Der Pfad führt am roten Backsteinhaus vorbei, entlang der Grenze zu den Nachbarhäusern, und mir wird klar, dass Leute so zum roten Haus kommen oder von dort weggehen können, ohne dass jemand das von der Straße auf der anderen Seite her mitbekommt. Ich bin ein Stück weitergegangen, an mehreren Häusern vorbei, doch jetzt kehre ich um, stelle mich hinter eine große Eiche und versuche zu sehen, was da hinter den Gardinen in dem schwach beleuchteten Haus vor sich geht. Aber ich kann absolut nichts erkennen. Ich bleibe noch eine Weile stehen, bis mir langsam kalt wird. Gerade will ich umkehren, als es mir so vorkommt, als bewegte sich eine schattenhafte Gestalt hinter der Gardine. Kurz darauf öffnet sich die Tür, und ein Mann kommt heraus. Sein Gesicht kann ich nicht sehen, nur die rote Windjacke; die Kapuze ist über seinen Kopf gezogen. Obwohl ich mir einrede, dass er es unmöglich sein kann und auch nicht sein muss, nur weil die Jacke die gleiche ist, habe ich plötzlich ein Gefühl, als hätte mir jemand in den Bauch geboxt. Mir bleibt die Luft weg.

Erst folge ich der roten Windjacke, auch noch als der Mann um die Ecke verschwindet und in die Jackson Hill einbiegt. Er geht ein Stück die Straße entlang, bis zum Kaufmann, wo er sein Rad holt. Ich könnte mir selbst etwas vormachen, so wie ich es bei meiner Mutter tue, aber das geht nicht mehr. Dieses schwarze Rad kenne ich.

Also warte ich nicht länger, ich renne zurück zu meinem eigenen Rad, springe hinauf und radle, so schnell ich kann, über die Jackson Hill und die Chestnut Road nach Hause. Ich schaffe es gerade noch, meine Jacke aufzuhängen, mich zu vergewissern, dass Ivan und Irene immer noch mit Basteln beschäftigt sind, in einer völlig chaotischen Küche, was mir aber ausnahmsweise völlig egal ist, ich sage nur *Bin wieder da*, renne hinauf in mein Zimmer und drehe meine Musikanlage so laut auf, dass ich Vaters Schlüssel in der Haustür nicht hören kann. Erst will ich einfach so tun, als wäre alles wie immer, aber dann weiß ich, dass ich das nicht kann, also klebe ich einen Zettel an meine Zimmertür, *Habe Kopfschmerzen*, und verkrieche mich schnell ins Bett. Kurz darauf höre ich, wie die Tür aufgeht, und auch mit geschlossenen Augen weiß ich, dass mein Vater in der Tür steht und zu mir herüberschaut. Ich atme tief und regelmäßig, bewege mich aber sonst nicht, und bald höre ich, wie die Tür wieder geschlossen wird.

In dieser Nacht schlafe ich nicht. Stattdessen liege ich da und bedenke die positive und die negative Seite, rechne Plus und Minus, bevor ich einen Entschluss fasse. Es gibt praktisch nur eine einzige Lösung bei dieser Rechnung, egal, wie ich addiere oder subtrahiere.

Zuallererst ist alles nur eine Frage der Zeit. Meine Mutter kommt nicht mehr nach Hause, da bin ich mir sicher, egal was mein Vater sagt. Und wenn mein Vater gefasst wird, kommen wir ins Kinderheim oder in eine Pflegefamilie und werden getrennt, so wie meine Mutter und ihre Geschwister, als sie klein waren, und man sieht ja, wozu so etwas führt. Und selbst wenn ich Kevin und die anderen dazu kriege, unsere Rettungsmission Erloschene Sonnen einige Monate auszusetzen, würde es nicht lange dauern, bis Ahmed und Kevin und Louisa ihn gleichfalls entdecken. Und das wäre fast noch schlimmer. Ich weiß nicht, was mich dazu bringt, meinen Entschluss zu fassen – ob es damit zu tun hat, dass die drei mit drinstecken in der Sache und deshalb auch hinter alles kommen werden, oder damit, dass ich jedes Mal ein Ziehen im Kreuz spüre, wenn ich an die kleinen Japanerinnen in dem Haus mit dem gelben Licht denke. Oder auch damit, dass mir auf einmal einfällt, wie mein Vater Irene manchmal ansieht. Nein, ich weiß nur, dass ich auf meine Geschwister aufpassen muss, dass man uns nicht auseinanderreißt oder in Pflegefamilien steckt.

Die beiden dürfen nicht auch zu erloschenen Sonnen an einem fremden Ort werden. Nein, ich werde auf uns aufpassen, so wie ich es meiner Mutter versprochen habe an dem Tag, an dem sie klarer war als an anderen Tagen.

Ich möchte Ahmed und Kevin und Louisa nie wiedersehen.

Ich möchte auch meinem Vater nie mehr in die Augen sehen. Erklären kann ich das nicht, ich weiß bloß, ich will seine Augen nicht mehr sehen. Ich muss wieder an diese Sendung auf CNN über Sklaven denken, an all das, was man machen kann. Aber auch an meinen Vater, der ins Gefängnis kommt, an das, was die Leute über ihn und uns denken und reden werden, und an meine Mutter und ihre Geschwister und das, was aus ihnen geworden ist. Die Gedanken kreisen in meinem Kopf, und die Stimme wird immer lauter, die sagt, dass ich nur eine Möglichkeit habe. Die ganze Zeit höre ich auch das Lachen der erloschenen Sonnen, das ich nie gehört habe, dieses eingeschlossene Lachen, als ich mit dem Skateboard gestürzt bin. Ganz anders als Ivan und Irene. Und so fasse ich meinen Entschluss.

Im Laufe der Nacht plane ich alles und schreibe mir eine lange Liste.

Flugtickets im Internet zu kaufen geht ganz einfach. Ich bezahle mit der Kreditkarte meiner Mutter, die ich sowieso schon lange zum Einkaufen benutze. Mitten in der Nacht schleiche ich mich vorsichtig aus dem Haus, radle zur Bank und hebe tausend Dollar ab, den Höchstbetrag. Erst hatte ich erwogen, die Karte mitzunehmen, aber dann könnten sie leicht feststellen, wo wir sind, und das kann ich nicht riskieren. Mit den tausend Dollar und dem, was wir zusammen in unseren Spardosen haben, müssen wir auskommen.

Da ich derjenige bin, der bei uns Ordnung hält, ist es auch kein Problem, unsere Pässe zu finden. Auch das Schreiben, laut dem uns erlaubt war, als unbegleitete Minderjährige zu reisen, als wir Tante Marion besucht haben, liegt noch in der Reisemappe. Ich muss bloß das Datum ändern, dann kann uns keiner aufhalten. Tante Marion bestätigt darin, dass wir sie besuchen, und mein Vater hat unterschrieben, dass er uns diese Reise erlaubt. Keiner kann wissen, dass wir Tante Marion besucht haben, weil sie Krebs hatte und jetzt schon über ein Jahr tot ist.

Als mein Vater am nächsten Morgen um halb sieben, bevor er zur Arbeit ging, den Kopf zur Tür hereinstreckte, um mich wie gewöhnlich zu wecken, sage ich ihm, ich hätte noch immer zu starke Kopfschmerzen, um zur Schule zu gehen, aber ich würde Ivan und Irene zu ihrer Schule bringen. Sobald er das Haus verlassen hat, stehe ich auf. Ich mache Frühstück, und als alles fertig ist, rufe ich von meinem Handy aus bei uns an. Nach einer Weile gehe ich nach oben und rufe meine Geschwister, die wie erwartet beide schon wach sind.

»Papa hat eben angerufen«, sage ich. »Er muss für seine Firma nach Mexiko, und wir sollen ganz schnell dahin fliegen und schon mal alles vorbereiten, bis er kommt.«

»Juchhu!«, rufen beide, und auf einmal ist es kein Problem, ihre Koffer zu packen und sie dazu zu bekommen, sich anzuziehen.

Eine Antwort auf ihre Frage habe ich auch schon parat:

»Wir fliegen schon vor, so wie damals, als wir Tante Marion besucht haben. Papa kommt in ein paar Tagen nach.«

Solange Ahmed, Kevin und Louisa glauben, dass ich krank bin, werden sie wegen der kleinen Japanerinnen nichts weiter unternehmen, da bin ich mir sehr sicher. Ich habe ihnen noch in der Nacht eine SMS geschickt und von meinen Kopfschmerzen berichtet, und bevor sie begreifen, dass ich nicht mehr komme, sind wir weit weg.

Auch wenn ich *den Anruf* mache, werde ich weit weg sein.

Aber zuerst einmal habe ich genug damit zu tun, Kleider und Schuhe für uns einzupacken. Niemand darf mir Ivan und Irene wegnehmen, sie zu erloschenen Sonnen machen! Auch wenn ich locker auf uns drei aufpassen könnte, weil ich das sowieso schon die ganze Zeit tue, ist mir das nach dem Gesetz nicht erlaubt. Das weiß ich aus den Nachrichten, und von Ahmed auch.

Es ist noch nicht zehn, da stehen unsere drei kleinen Koffer schon fertig gepackt im Flur, und ich bestelle uns ein Taxi. Das ist zwar teurer, als mit dem Bus zu fahren, aber ich will nicht riskieren, Nachbarn zu treffen oder irgendwelche anderen Leute, die Fragen stellen könnten.

Als das Taxi losfährt, kann ich plötzlich nichts mehr sagen. Ich sitze bloß da und lege die Arme um die Zwillinge, die munter drauflosplappern. Wir werden nie mehr zurückkommen, das weiß ich. Jedenfalls nicht, bevor wir nicht alle drei volljährig sind. Dann kann niemand mehr über uns bestimmen.

Um nicht wenden zu müssen, fährt das Taxi die gewundene Elm Street hinunter. Als wir an dem roten Backsteinhaus vorbeikommen, versuche ich, einen Blick durch die Gardinen zu werfen, aber wie meistens ist außer dem gedämpften mattgelben Licht nichts zu sehen. Oder hatte ich da eben eine schattenhafte Gestalt gesehen? Sah es für einen kurzen Moment so aus, als hätte die Gardine sich leicht gehoben und eines der Mädchen hätte das Gesicht an die Scheibe gepresst? Ich zwinkere ein paarmal und atme tief durch. Wir sind unterwegs.

Ich hatte uns schon im Internet eingecheckt, und nachdem

wir unser Gepäck aufgegeben haben, gelangen wir durch die Sicherheitskontrolle und bis zur Passkontrolle, bevor uns überhaupt jemand eine Frage stellt. Doch sobald ich den Brief und unsere Pässe vorzeige, ist der Beamte ganz freundlich und hilfsbereit und erklärt uns genau, wie wir zu unserem American-Airlines-Flug nach Mexiko City kommen.

Im Flugzeug sitzen wir in einer Reihe nebeneinander, die Stewardessen schenken Ivan und Irene kleine Malbücher.

Alles ist unglaublich normal.

Und dann sind wir in Mexiko.

Vor der Passkontrolle stehen die Menschen in einer langen Schlange an. Als wir endlich an der Reihe sind, stempelt der Grenzbeamte Visa für neunzig Tage in unsere Pässe, und ich tausche unser Geld in mexikanische Pesos um. Alles hier ist riesig, laut, voller Farben, und mit jedem Schritt, den wir machen, scheint es chaotischer. Aber noch sind die Schilder außer Spanisch auch Englisch, und so finden wir den Weg zum Flughafenbus, der uns zu einem der zentralen Terminals bringt, wo ich unsere Busfahrkarten für die Weiterreise kaufe.

Die Zwillinge sind so müde, dass ihnen fast sofort die Augen zufallen, kaum dass der Bus sich in Bewegung setzt. Ich selbst kann nicht schlafen, obwohl ich das Gefühl habe, vor lauter Müdigkeit im Stehen schlafen zu können. Stattdessen sehe ich durchs Fenster, wie die Stadt im Dunkeln zu unbekannten Lichtlandschaften wird, die immer dichter werden, bis wir in dem Stadtteil ankommen, den ich für uns ausgesucht habe. Er liegt weit entfernt von allen Touristenattraktionen, und so gibt es da nur Häuser armer Menschen, Autowerkstätten und billige

Pensionen. Hierher werden hoffentlich keine Amerikaner kommen, die uns wiedererkennen, wenn nach uns gefahndet wird. Ich habe auch immer darauf geachtet, den Zwillingen gegenüber keinen Straßennamen und auch nicht den Namen des Stadtteils zu erwähnen, damit sie sich nicht verplappern, falls später jemand Fragen stellen sollte.

Wenn ich an Gott glaubte, würde ich ihm fürs Internet danken.

Als wir aussteigen, sieht es überall unordentlich, schmutzig und ärmlich aus, auch rund um die Häuser hinter den grauen Betonmauern. Orangerotes Neonlicht blinkt unregelmäßig von kaputten Reklameschildern. Obwohl es schon spät ist, sind viele Menschen auf der Straße. Männer sitzen in Gruppen zusammen und trinken Bier. Frauen verkaufen Waren, die ich nicht erkennen kann. Alte Menschen und sogar Kinder betteln oder schlafen in Hauseingängen. Den Zwillingen sage ich, das sei nur wegen der Hitze.

Wir versuchen, uns durchzufragen, aber ohne Erfolg: niemand spricht hier etwas anderes als Spanisch. Der Druck in meinem Kreuz nimmt auf einmal zu, und mir wird klar, dass die ganze Sache schwieriger wird, als ich es mir vorgestellt hatte. Wir folgen der Wegbeschreibung, die ich mir notiert hatte, und finden so immerhin die Pension, die ein Backpacker im Internet empfohlen hatte, sie liegt wie beschrieben nur wenige Hundert Meter von der Bushaltestelle. Und zum Glück haben sie ein freies Zimmer, in dem neben einem Doppelbett sogar gerade noch Platz ist für ein Extrabett für mich.

Wir müssen uns einschränken, wenigstens zu Anfang, um Geld zu sparen.

Ivan und Irene sind so kaputt, dass sie gar nicht nach unserem Vater fragen oder danach, wie es nun weitergeht, und ich lasse sie ausnahmsweise Cola trinken und die letzten Reste unserer Tacos essen, die wir am Busbahnhof gekauft haben. Dann kriechen sie ohne Zähneputzen in das große Bett.

Sie schlafen schnell ein, und ich gehe hinaus und tätige den Anruf.

Ich versuche mir die erloschenen Sonnen vorzustellen mit ihrem eingeschlossenen Lachen, und ich bete zu dem Gott, an den ich nicht glaube, dass es keine Listen mit den Namen der Kunden gibt.

Dann gehe ich wieder hinein, setze mich an den kleinen, wackligen Schreibtisch unter der nackten Glühbirne, die ihr grelles gelbes Licht in den Raum schickt, und beginne mit zitternden Fingern zusammenzurechnen: Das Zimmer kostet uns 4000 Pesos im Monat, und wenn wir jeden Tag essen wollen, reicht unser Geld für höchstens drei Wochen. Ich bin schockiert, wie teuer alles ist, selbst das Billigste. So wird unser Geld nicht einmal bis Weihnachten reichen. Ich muss mir sofort Arbeit suchen. Aber ich muss doch auch auf die Kleinen aufpassen. Oder sie müssen auch arbeiten. Aber was? Ich weiß es nicht. Wenn unser Visum ausläuft, sind wir illegale Flüchtlinge, und was können wir als solche hier machen? Zeitungen verkaufen? Oder putzen gehen? Die Zwillinge haben ihre Blockflöten mitgenommen, vielleicht könnten sie auf der Straße Musik machen?

Oder wir könnten aufs Land gehen, auf Plantagen Obst oder Tomaten ernten. Auf dem Land kann man sicher billiger wohnen, sodass es reicht, wenn nur ich arbeite. Andererseits ist in kleinen Orten das Risiko größer, entdeckt zu werden. Also müssen wir uns irgendwo einmieten, wo die Zwillinge tagsüber nicht aus dem Haus dürfen, und das geht nicht.

Ich schaue meine Geschwister an, die Hand in Hand schlafend im Bett liegen, betrachte ihre müden, schmutzigen Gesichter, die sich so ähnlich sind, nur Ivans Mund wirkt etwas entschlossener als Irenes offener.

Von der Straße dringen laute Stimmen herein. Ich drehe den Kopf und schaue durch den schmalen Spalt in der schmuddeligen Gardine auf den Widerschein des orangeroten Neonlichts an der dunklen Straße, während ich langsam auf meinem Stuhl hin und her schaukele, mit dem Gefühl im Kreuz, dass etwas schiefgelaufen ist. So richtig schief.

Lieber Gott, flüstere ich. Kommt uns jemand helfen?

Kommst du?

Bis der Tod uns scheidet

Da ist diese Wut. In meinem Körper verwickelt, im äußersten linken Arm, in der linken Hand, den Nägeln, ja, es beginnt in den Nägeln, läuft quer über den Rücken in den rechten Arm, die Hand, die Nägel, endet in den Nägeln, schlängelt sich gleichzeitig weiter, dreht sich in die Lungen hinein, legt sich um die Rippen, drängt hinunter in den Bauch, die Schenkel, links und rechts zugleich, kriecht, verheddert sich, ich spüre, wie es sich in meinen Knien zusammenzieht, in den Knöcheln, den Zehen, man braucht seine Zehen, wenn man losstürmen muss, und das werde ich jetzt gleich, es muss sein, denn es gibt Momente, da darf man töten.

Ich habe Angst, Angst vor dem, was *er* mir antun wird, wenn ich es nicht tue.

Der Gedanke erstickt mich, schnürt mir die Kehle zu, ein Blinkerknoten sitzt in meinem Hals, sodass ich nicht schlucken kann, schreien auch nicht, ich kriege keine Luft, mein Hals zieht sich immer enger zusammen, so eng, wie seine Hände sich gleich darumlegen werden, das weiß ich.

Ich weiß nämlich etwas über *ihn*. Alles über ihn.

Ich deute mit dem Messer, mit der Spitze des Messers, zur Ladentür. Aber die Sekunden laufen mir davon. Und auch dem armen Herrn Chi.

Warum musste *er* auch gerade jetzt hereinkommen, wo alles so glattlief?

Ich kenne *ihn*. Ich kann ihn nicht ausstehen. Aber wir haben lange in derselben Stadt gelebt. Er hat dafür nicht einen Tag bekommen. Ich denke noch immer jeden Tag daran. Das Gesicht meines kleinen Bruders zeigt mir *ihn*. Auch an Tagen mit ruhigem Ballspiel und aufgesparten Bonbons. Trockene Sonne im Herzen. Dann mache ich uns Hamburger und hämmere mit den Fäusten auf das Fleisch ein und stelle mir vor, dass die Fettklümpchen Tränen sind. Dic *er* weint.

Herr Chi hatte nichts mit der Sache zu tun. Er hätte weglaufen sollen. So war das geplant.

Das ist jetzt sieben Jahre her. Und dreihundertsiebzehn Tage. Ich machte Pfannkuchen für Justins siebten Geburtstag. Aus Mehl und Margarine. Für etwas anderes hatten wir kein Geld.

Warum musste *er* gerade in dem Moment hereinkommen?

WENN DU NICHTS ZU ESSEN HAST FÜR DEIN KIND, DARFST DU RUHIG STEHLEN.

Das hab ich neulich an einer Mauer gelesen. In roter Farbe stand das da, KIND war mit T am Ende geschrieben, aber die Bedeutung war trotzdem klar. Ich bin derselben Meinung. Und für einen kleinen Bruder gilt es genauso.

Manche Sachen muss man einfach machen, auch wenn man das nicht darf.

Auch wenn Gott sagt, dass man es nicht tun darf, muss man es tun. Es ist besser so.

Damit die Kinder zu essen bekommen. In Gottes eigenem Land. Was auch immer nötig ist, damit die Kinder zu essen bekommen.

In der Kirche höre ich zu. Gott sagt: *Gebt den Kindern zu essen.* Ich höre genau hin. Ist das etwa nicht wahr?

Warum musste *er* auch gerade in dem Moment hereinkommen?

Das werde ich sagen, wenn sie mich kriegen.

Wofür brauchte *er* so lange? Das frage ich Gott. Er weiß alles. Auch dass Kinder etwas zu essen haben müssen.

Und dass es Menschen gibt, die wie Abschaum sind, die kein Recht zu leben haben.

Das Messer lag in der Schublade auf dem Regal mit den Messern, und Herrn Chi zu überwältigen war ganz leicht, er schlurfte von sich aus in die Ecke und setzte sich mit einem Wimmern hin. Davon bekam ich Kopfschmerzen. Er hätte weglaufen sollen. So war es geplant. Ich deutete mit dem Messer zur Tür. Aber dieser Idiot hatte die Kasse abgeschlossen und ich musste ihn anschreien, dass er aufstehen und hingehen und sie öffnen soll, und als er das gerade getan hatte, ging die Tür auf. Da war es zu spät, um Herrn Chi noch laufen zu lassen, also habe ich ihn erstochen.

Wer da hereinkam, war *er*. Ausgerechnet.

Mehl und Margarine.

Der arme Herr Chi. Aber das ist jetzt nicht die Frage.

Die Frage ist, ob ich aufs Herz zielen soll? Oder auf den Bauch, das ginge auch. Ins Gedärm. Sie auf den Betonfußboden herausquellen lassen. Wie bei einem Schwein, das geschlachtet wird. So ein Schwein ist *er*.

Schweine sticht man ab.

Deshalb tue ich es. Rein mit dem Messer ins Auge. Wut ist eine gute Sache. Die Wut, die sich in mir verwickelt hat. Und *er* schreit und versucht, sich zu wehren, und überall ist Blut, aber ein Freund hat sich in mir verheddert, und ich habe einen zweiten, der ein Messer ist, und einen dritten, der heißt Schock, und so geht es langsam und schnell zugleich, und später sagen sie, es seien vierundzwanzig Stiche gewesen, einer sogar quer über den Bauch, als ob ich ihn aufschlitzen wollte.

Wie ein Schlachtschwein.

Schwein, sage ich. Genau das war er.

Herr Chi stirbt stiller, zwei Stiche in die Herzgegend. Das war nicht so geplant, aber man muss sich schützen. Herr Chi hätte weglaufen sollen. Der eine Stich, oder genauer, der zweite, der muss es gewesen sein, der todbringende. »Man soll präzise sein«, sagt der Verteidiger, »sonst kriegen sie einen gleich dran.« Also sage ich, mit dem *zweiten* Stich wollte ich mich nur selbst schützen.

Man muss auf der sicheren Seite sein. Das muss man immer sein. Gott sagt das auch.

Und die anderen: Du hättest auf der sicheren Seite bleiben sollen!

Das habe ich auch zu *ihm* gesagt, als er da lag: Er hätte auf der sicheren Seite bleiben sollen!

Er hätte sich von meiner Mutter fernhalten sollen.

Ja, ich habe an meine Mutter gedacht. Ja, natürlich, habe ich gesagt. Wenn mir etwas passierte, wäre doch niemand da, um alle ihre Sachen, die Flaschen und noch was, zu holen. Was würde zum Beispiel aus Justin?

Mütter sind Mütter, sagt mein Verteidiger.

Man muss auf der sicheren Seite bleiben.

Herr Chi hätte weglaufen sollen. So war das geplant. Stattdessen hat er die Kasse abgeschlossen und sich wie ein Tier in der Ecke verkrochen. Wie ein Tier, das getötet werden will.

Und dann kam *er* herein. Da konnte ich nicht länger warten.

Das Geld habe ich genommen, das konnte ich auch gut gebrauchen.

Der arme Herr Chi.

Das Messer habe ich wieder zurück auf das Regal geworfen, wo ich es herhatte. Es war voller Blut, und ganz plötzlich konnte ich all das Blut nicht mehr ertragen. Ekelhaft! Ich hatte Handschuhe an, die habe ich in die Tasche gesteckt. Genau daraus wollten sie mir dann später einen Strick drehen: dass das Messer mit all dem Blut ordentlich bei den Brotmessern im Regal lag und die Handschuhe in meiner Tasche steckten.

Mehl und Margarine.

Prämeditation hat der Staatsanwalt das genannt.

Ich weiß nicht, was das bedeutet, aber das ist das Schlimmste überhaupt.

Sieben Minuten habe ich gewartet. Im Laden.

Das Geld half nicht. Dabei hätte ich es gut gebrauchen können. Nun wurde es als Beweis benutzt. Aber was in ihren Beweisen nicht vorkommt, sind die Kinder, die etwas zu essen brauchen, wie Gott sagt. So hat es mein Verteidiger erklärt.

Sieben Minuten. Das konnten sie auf den Überwachungskameras sehen. Dass ich da unten bei den Messern stand und wartete. Kein Affekt, haben sie gesagt. Kaltblütiger Mord. Sieben Jahre, fügte der Staatswalt später hinzu: Sieben Jahre, seit meine Mutter *ihn* eine kurze Zeit lang gekannt hatte; und von da an ging alles den Bach runter. Justin wurde geboren, und meine Mutter trank zu viel, um sich um ihn kümmern zu können. Es gab kein Geld für die Schule und nicht für all das, was *er* mir einmal versprochen hatte, wenn ich nur brav nach draußen zum Spielen ginge.

Sieben Jahre. Sieben Minuten.

Kleine Steine, die man zu großen hinüberkickt, einen nach dem anderen, daran dachte ich, als ich ihm das Messer ins Auge stach und versuchte, ihm den Bauch aufzuschlitzen. Finger in den Ohren. Asphalt, der aufplatzt. Für manche Menschen gibt es einfach keine Hoffnung. Für solche, die wissen, dass sie abscheuliche Taten begehen, und es trotzdem tun. Solche Menschen lügen und betrügen und bringen andere Menschen um das, was ihnen gehört, und wissen es sogar im Voraus und haben alles geplant, und all das Böse, das sie tun, ist ihnen völlig egal.

Es gibt Menschen, die sind einfach Abschaum.

Es gibt Menschen, die sind Abschaum, die sollen nicht leben. Solche Menschen sind wie Schweine und sollen nicht unter uns leben.

Sieben Jahre. Und sieben Minuten. Mehl und Margarine. Das ist, was sie Prämeditation nennen?

Die Stadt ist ein besserer Ort ohne *ihn*. Da bin ich mir sicher. Das habe ich dem Richter gesagt.

Und *er* hat schließlich meine Mutter umgebracht, selbst wenn manche sagen würden, der Schnaps sei es gewesen. Aber das ist dasselbe. Denn bevor er kam, war es nicht so, das weiß ich noch.

Asphalt, der aufplatzt.

Was ist nun mit Justin?

Als der Richter die Strafe verkündete, sagte er, ich sei ein abscheulicher Mensch, ein Abschaum, nicht dafür geschaffen, auf dieser Erde unter anderen Menschen zu leben.

Dass ich meine Chance gehabt und verspielt hätte.

Dass es keine Entschuldigung sei, dass *Vater* Hieronymus

meine Mutter einige Monate lang besucht habe, damals, als ich zehn Jahre alt war, denn meine Mutter sei vor und nach der Begegnung mit *ihm* Alkoholikerin gewesen, und dass *er* ein angesehener Bürger der Stadt gewesen sei, der versucht habe, meiner Mutter zu helfen und sie zurück auf den rechten Weg zu geleiten.

Nur Gutes zum Besten der Stadt.

Dass *er* gar nicht Justins Vater gewesen sei, sondern als Pfarrer in der Gemeinde der Episkopalen Kirche so angeredet wurde, und dass er, Vater Hieronymus, versucht habe, meine Mutter zu überreden, das ungeborene Kind zur Adoption freizugeben, damit es nicht so aufwachsen solle wie ich. Ich, der allein draußen vor dem Trailer spielte. Nach Steinen kickte, weil meine Mutter das Geld für Schnaps ausgegeben hatte, sodass es nicht einmal für einen Ball reichte.

Das war alles gelogen.

Eine Tragödie, hatte *er* gesagt. *Er*, Vater Hieronymus, hatte das damals gesagt. Zum Kirchengemeinderat. Sagte der Richter. Das macht es nicht wahrer! Ich erinnere mich daran. Und an die Wut, die sich in mir verwickelt. Von dem Tag an.

Der Richter sagte, der Mord an Vater Hieronymus sei so böse und abscheulich gewesen, ganz zu schweigen von dem armen Herrn Chi und der kleinen Rosa Marie, von der ich gar nichts erzählt habe, aber sie war mit Vater Hieronymus hereingekommen, was sollte ich da machen, ich hatte ihr das Messer mehrmals in den Rücken gestoßen, aber sie hätte ja nicht dort sein müssen.

Sieben Jahre ist das jetzt her. Seit der Richter das gesagt hat. Mein Verteidiger kann keine weitere Berufung mehr einlegen, und heute Abend bin ich nicht mehr, und ich grüble darüber nach, ob es sieben Minuten oder länger dauern wird, mich zu erledigen?

Ich habe die Spritze gewählt. Das ist nicht wie bei Schweinen, sondern wie bei Pferden. Rennpferden, die nicht mehr galoppieren können. Und das ist ein guter Gedanke, auch wenn solchen Pferden erlaubt werden sollte, in Ruhe und Frieden herumzulaufen. Es ist auch nicht gerecht, dass sie nicht an die Umstände gedacht haben.

Schon allein deswegen, weil wir doch einer Meinung sind. In allem ganz einer Meinung.

Das habe ich ihnen klarzumachen versucht, habe Briefe geschrieben.

Ein Abschaum. Ein Unmensch, ein Schwein, das nicht leben dürfe. Auf dieser Erde. Unter uns anderen.

Warum bin ich dann derjenige, der sterben muss?

Sie wissen es doch, das höre ich aus all ihren Antworten heraus: Da ist diese Wut, im Körper verwickelt, im äußersten linken Arm, in der linken Hand, den Nägeln, ja, es beginnt in den Nägeln, läuft quer über den Rücken in den rechten Arm, die Hand, die Nägel, endet in den Nägeln, schlängelt sich gleichzeitig weiter, dreht sich in die Lungen hinein, legt sich um die Rippen herum, drängt hinunter in den Bauch, die Schenkel, links und rechts zugleich, kriecht, verheddert sich, ich spüre, wie es sich in meinen Knien zusammenzieht, in den Knöcheln, den Zehen, man braucht seine Zehen, wenn man töten muss, und sogar der Brief des Gouverneurs sagt dasselbe:

»Es gibt Menschen, die sind einfach Abschaum, die sind so abscheulich, dass sie nicht unter uns sein dürften. Menschen, für die es keine Hoffnung gibt. Die wissen, dass sie abscheuliche Taten begehen, und es trotzdem tun. Die lügen und betrügen und andere Menschen um das bringen, was ihnen gehört, und es sogar im Voraus wissen und alles geplant haben, und denen all das Böse, das sie tun, völlig egal ist. Solche Menschen sollen nicht unter uns anderen leben. Menschen, die Tiere sind. Menschen, die töten.

Die Welt ist ein besserer Ort ohne ihn. Da sind wir sicher.«

Und deshalb verstehe ich überhaupt nichts mehr, und keiner kann mir eine Antwort geben, kein Einziger. Der Gouverneur selbst hat noch nicht auf meinen Brief geantwortet, in dem ich frage, was denn der Unterschied sei? Der Unterschied zwischen dem, was der Staat tut, und dem, was ich getan habe?

Sieben Jahre und sieben Minuten. Mehl und Margarine.

Wir sind doch in allem einer Meinung, habe ich geschrieben. Und noch etwas glaube ich jetzt zu wissen:

Wenn ich dann heute Abend nicht mehr hier bin, ist das nicht genau das, was Prämeditation bedeutet?

Die Vögel, die Blumen, die Bäume

Diese verdammten Vögel!«

Das kann ich schon gut sagen, und noch eine Menge mehr. Aber die Vögel. Die fliegen einfach dort oben und kümmern sich nicht um mich und dass sie mir das erzählt haben. Die Vögel, die Blumen, die Bäume. Schon seltsam. Ich habe genauso viel Recht, hier zu sein, wie sie. Und zwar auf meine Weise. Ich bin auch hier geboren. Wieso soll das mit diesen Vögeln so wichtig sein? Die fliegen doch nur da oben rum. Klar ist das ein Vogel. Alle haben sie Flügel, zwei Beine und einen Schnabel. Und fliegen. Fliegen wie der Blütenstaub, der einem auch egal sein kann. Ein Stängel, Blätter, manchmal Dornen, verschiedene Farben. Die kenn ich: orange, gelb, rot, weiß, blau, hellblau und so weiter und so weiter. Und Schneeglöckchen, die kenne ich auch. Was mehr muss ich wissen?

Entscheiden denn etwa die Vögel, ob man dänisch ist?

Du Vögelchen am Himmel, wie dänisch bin ich, wie dänisch bin ich?

Nein, oder?

Wo soll das hinführen?

»Das war eine Weißkehlammer!«, ruft mein Dänischlehrer empört. Als würde das alles noch schlimmer machen.

Vögel begeben sich auf den Vogelzug und sind Fremde, im Sommer wie im Winter.

Wissen die etwas über die Blumen, da, wo sie hinkommen?

Die Bäume, auf deren Ästen sie sitzen? Die Insekten, die sie verschlucken? Aber sie sitzen dort. Sie fressen. Das ist kein Problem. Sie können signalisieren, der Baum ist hoch, der Baum ist niedrig, große Krone, kleine Krone, große Blätter, kleine Blätter, raue Äste, glatte Äste, dicker Stamm, dünner Stamm. Wenn sie überhaupt etwas signalisieren müssen. Denn ihre Augen erkennen sie wieder. Genau wie meine.

Ich weiß, was für einer der Graublaue ist. Oder der Rotgescheckte. Ich habe solche schon mal gesehen und erkenne sie. Was bedeutet denn ein Name? Ja, das ist nicht einmal ein Name, sondern eine Bezeichnung. Wir hätten ebenso gut alles nach Farben klassifizieren können. Das ist viel leichter. Die Roten hier, die Gelben da und die Grauen dort. Ganz einfach.

»Wenn ihr mit euren Eltern im Wald spazieren gegangen seid, damals, als ihr klein ward, haben die bestimmt auf einen Baum gedeutet, eine Blume oder einen Vogel und euch erzählt, was ihr gesehen habt …«

Wir gingen nicht in den Wald. Aber sonntags zogen wir in den Tiergarten, den Dyrehaven. Jeden Sonntag, den ganzen Sommer lang. Meine Mutter packte die Körbe, die meine Schwestern und ich tragen mussten, und mein Vater trug die Klappstühle. Wir zogen nicht tagsüber los, um uns nackt ins Gras zu legen, wie das die Dänen machen. Wir zogen am späten Nachmittag los, um die Sonne hinter den Baumkronen verschwinden zu sehen, während wir Würstchen grillten und Almdudler tranken, zusammen mit der anderen Familie aus der Heimat meiner Mutter.

Es wurde viel geredet und gelacht, und alle erinnerten sich an das Jahr, als der Wörthersee über die Ufer trat und die Kinder in die Schule gerudert werden mussten, und an die Jahre, in denen die Wasserrohre einfroren, sodass der Schnee in Töpfen geholt und geschmolzen werden musste, damit man Wasser zum Trinken und zum Waschen hatte. Alle erinnerten sich auch an Tante Gretchens unglückliche Liebe zum Schuhmacher, ganz zu schweigen von Onkel Heinrich, der als Zweiundsiebzigjähriger alles verließ, um eine Zweiundzwanzigjährige aus Tahiti zu heiraten. Über diese Geschichte wurde noch nach Jahren geredet, denn das war immerhin ein richtiger Skandal, auch wenn ich nie verstanden habe, was daran so schlimm war. Aber sie redeten über nichts anderes als darüber, wie jung die Frau und wie alt Onkel Heinrich war und dass er alles mitgenommen hatte, sodass Tante Irmgard und den Kindern nichts geblieben war (was nicht ganz stimmte, aber so wurde es erzählt, auch wenn die Kinder damals längst erwachsen waren und selbst Kinder hatten), bis also Onkel Heinrich starb und sich zeigte, dass er der Zweiundzwanzigjährigen aus Tahiti, die mittlerweile fünfundzwanzig war, nichts als Schulden hinterlassen hatte. Und sie hatte noch immer keine unbefristete Aufenthaltserlaubnis, denn daran hatte Onkel Heinrich nicht gedacht, und nun sollte sie ausgewiesen werden, und für die Familie war es dennoch eine größere Schande, dass die junge Frau auf diese Weise aus dem Land geworfen werden sollte, als dass sie hereingeholt worden war. In dem Sommer legten wir alle zusammen, um ihren Rechtsanwalt zu bezahlen, und schließlich durfte sie bleiben. Ich kann mich nicht an die Einzelheiten erinnern, aber es half sicher, dass ein anderer Onkel, ein weit entfernter, ja, ein

Großonkel, den ich nie kennengelernt habe, sie geheiratet hat. So ist meine Familie, man lässt niemanden im Stich. Aber die Bäume, die Blumen, die Vögel, ich kann mich nicht erinnern, dass darüber jemals gesprochen wurde.

Ich habe es nicht mit Absicht getan.

Ich kann es nicht erklären.

Da ist einfach was schiefgelaufen!

Tante Irma wurde von einer Lawine begraben, als ich dreizehn war. Sie war tot, als man sie ausgrub, aber das war nicht weiter erstaunlich, denn sie hatten zwei Tage gebraucht, um sie unter dem Schnee zu finden. Wir waren bei der Beerdigung nicht dabei. Meine Mutter reiste allein dorthin, in Vertretung der Familie, hieß es. Erst später dachte ich daran, wie viel es gekostet hätte, wenn wir zu sechst gefahren wären. Ich habe es nicht gesagt, aber ich war traurig, denn ich mochte meine Tante Irma besonders gern. Sie war geduldig und schimpfte nicht mit mir, weil ich meine Muttersprache nicht richtig konnte. Sie sagte immer nur, dass ich mehr zu essen haben müsste. Dann stellte sie mir eine Portion heiße Suppe hin, und das war's.

Mein Vater hat nie gesagt, dass er es schade fand, nur uns vier Töchter zu haben, und ich glaube auch nicht, dass es so ist. Nur weil meine Mutter es gern anders gehabt hätte, sagt er dann und wann, dass ein Sohn doch auch schön gewesen wäre.

Ich dachte an Onkel Lorentz, daran, wie er Oma behandelte,

und dachte mir mein Teil über den Sohn, den meine Mutter gern statt einer von uns gehabt hätte, und wie der sie herumkommandieren würde, damit sie ihm die Schuhe putzte und die Hemden bügelte und das Haus in Ordnung hielt, das er genauso wie Onkel Lorentz direkt neben ihrem bauen würde, damit sie es leichter hätte, wie Onkel Lorentz sagte. Ich kürzte mir einfach die Haare und den Namen, und schon war ich Mic, die meine Mutter herumkommandierte, damit sie mein Zimmer aufräumte, und niemand konnte begreifen, wie sie eine so ungezogene Tochter wie mich haben konnten. Aber das war erst später. Nachdem wir nicht über die Vögel, die Blumen, die Bäume gesprochen hatten, als wir klein waren, und genauso wenig, als wir größer wurden.

Wir sollten Dänen sein, und deshalb sprachen wir zu Hause nicht die Sprache meiner Eltern, nur Dänisch. Und das geschah dann mit den Wörtern, die alle kannten, denn es war verflixt mühsam, erklären zu müssen, was irgendetwas bedeutete, weil meine Eltern es nicht mochten, wenn wir ihnen etwas erklärten, und immer drei Schwestern bereit waren, ihre Geschichten mit Wörtern zu erzählen, die alle verstehen konnten. Ich bin Nummer drei in der Reihe. Ich habe nie geglaubt, dass es einen Unterschied macht, aber das macht es vielleicht doch, denn Ina und Maria sprechen die Sprache meiner Eltern fließend, weil Oma und Opa den ganzen Sommer lang auf sie aufpassten, als sie klein waren, während auf mich, die vier Jahre später dazukam, Josefine Hansens Mutter aus unserer Straße aufpasste. Wenn ich mich jetzt daran erinnere, fällt mir wieder ein, dass Josefine Hansens Mutter mir tatsächlich manches Mal den Namen eines Vogels nannte oder den einer Blume, sogar eines Baums, aber sie tat es so, als wüsste ich selbstverständlich, was sie damit meinte, genau wie Josefine, dann nickte ich einfach immer mit einer Miene, als hätte ich verstanden, und alles andere konnte auch egal sein.

Die Blume stand doch, wo sie stand, genau wie ich. Ob das nun eine Anemone oder eine Butterblume war, welchen Unterschied machte das schon, die sah doch so aus, wie sie aussah, und war, was sie war, egal, wie man sie nannte.

Meine Eltern konnten nicht mit uns Ferien machen, denn wer sollte sich dann um den Laden kümmern? Sie hatten das ganze Jahr über geöffnet, denn die Dänen sollten Würste und Leberkäse und Semmeln und alles das haben, was wir zu Hause aßen, was die Dänen aber nicht kannten, außer, sie kamen zu uns in den Laden. Meine kleine Schwester Therese nahmen meine Eltern einfach immer mit ins Geschäft, und vielleicht ist sie deshalb die Einzige von uns, die gern dort ist. Ina und Maria finden, es riecht da komisch, sie wollen alle beide Kosmetikerinnen werden und mit Schönheit und schönen Düften arbeiten. Ich bin Mic, und ich fühle mich fremd, ob ich nun ins Geschäft reingehe oder wieder herauskomme. Hier in Dänemark isst niemand so etwas, es sei denn, sie probieren mal etwas, was sie normalerweise nicht essen, und das tun sie meistens, wenn sie auf Reisen sind, sodass vor allem Familien wie meine die Waren kaufen, und dann und wann einmal Dänen, die im Ausland Geschmack an den Spezialitäten gefunden hatten, wie sie in Maria Wörth in der Schlachterei hergestellt werden, in der mein Großvater damals arbeitete und wo mein Onkel auch hätte arbeiten sollen, wenn nicht der Krieg gekommen wäre, weswegen er Soldat wurde und fiel, und als der Krieg zu Ende war, war meine Mutter elf und so dünn, dass das Rote Kreuz sie nach Dänemark schickte, wo sie meinem Vater begegnete, der auch so dünn und nach Dänemark geschickt worden war, und sie kannten sich vorher nicht, obwohl sie dieselbe Sprache sprachen, nur mit unterschiedlichem Akzent, denn mein Vater kam von der anderen Seite der Grenze aus einer Stadt, von der mein Vater niemals spricht und an deren Namen ich mich nicht mehr genau erinnere, die liegt auch dort, wo heute Ostdeutschland ist, was man nicht besuchen kann, jedenfalls wurde sie in Schutt und Asche gebombt mitsamt dem Rest seiner Familie, und mein Vater hat nur überlebt, weil er klein war und zu zwei Tanten geschickt worden war, die ihn etwas später zu anderen Tanten auf der österreichischen Seite der Grenze schickten, damals waren alle Männer tot, deshalb gab es nur Tanten, so war es auch in anderen Familien. Ja, dann war das Rote Kreuz gekommen, und meine Mutter und mein Vater waren jeder für sich mit dem Güterzug nach Norden in die reichen Länder verschickt worden und lernten sich auf Seeland kennen in der Nähe eines Ortes, der Næstved heißt, wo sie auch zu essen bekamen, und da beschlossen sie, dass sie, wenn sie erwachsen wären, wieder nach Dänemark gehen und heiraten und eine Schlachterei eröffnen würden, und das taten sie dann auch.

Mit der Zeit sind die Würste, die im Geschäft verkauft werden, immer weniger österreichisch, denn man muss mit der Zeit und der Nachfrage gehen, sagt mein Vater. Und wenn meine Mutter stumm wird, weil sie den Geschmack von Thymian in den Würsten vermisst, macht mein Vater extra welche mit Thymian für sie, und beide sind ein paar Tage lang froh.

Ich finde ja, man kann weder hier noch da eine Schlachterei haben, die *Maria Wörth in Greve* heißt, wenn dort die Würste nicht mehr an etwas erinnern, was man weder in Maria Wörth noch in Greve bekommen kann. Das habe ich einmal laut gesagt, und das war das einzige Mal, an das ich mich erinnere, wo mir mein Vater eine Ohrfeige gegeben hat, und seltsamerweise schien er mich vor allem geschlagen zu haben, weil meine Mutter es gehört hatte. Aber ich hütete mich, den Satz zu wiederholen, auch wenn er wahr ist.

So als würde man eine rote und eine gelbe Blume kreuzen, zum Beispiel die, die ihr Anemone nennt, mit einer Butterblume, was hat man dann? Doch nichts, oder?

Eine Buttermone oder eine Aneblume?

Das ergibt keinen Sinn!

Nein, genau wie die Vögel erkenne ich die Blumen auch ohne Namen wieder.

Übrigens stimmt es nicht, mein Vater hat mich noch einmal geschlagen, fällt mir jetzt ein. Das war, als mich jemand *Fremdarbeiter* genannt hat. Wir in meiner Familie haben dunklere Haut als die meisten Dänen, dunklere Haare und Augen. Nicht auf diese südländische oder arabische Weise. Mehr auf so eine eher kastanienbraune Weise, wie es sie in den Alpen gibt. Das verwirrt die Leute. Wir sind fremd und doch nicht fremd. Meine kleine Schwester Therese ist die dunkelste und sieht aus wie eine Türkin, aber gleichzeitig ist sie schön und sieht aus wie ein Engel, weswegen zu ihr niemand etwas sagt. Ich bin die zweitdunkelste und mit meinen kurz geschnittenen Haaren und dem Namen halten mich viele für einen Jungen, und vielleicht rufen sie deshalb gerade mir Fremdarbeiter hinterher. Ich rufe immer zurück, dass ich Weltbürger bin, falls sie wissen, was das ist! Aber einmal, als ich das getan habe, da hat mich mein Vater gehört, und da hat er mir eine runtergehauen und mich angefaucht:

»Du bist Dänin!« Er riss an meinem Arm, dass er mir fast die Schulter ausrenkte. »Vergiss das nie, du bist Dänin, und das sollst du ihnen sagen!«

Ich war kurz davor zurückzufauchen, das könne er denen selbst sagen, aber ich war mir nicht ganz sicher, was er dann mit meinem Arm tun würde. Er selbst konnte das nämlich nicht sagen, das wusste ich, schließlich spricht er Dänisch mit einem starken Akzent, der noch schlimmer und unverständlicher klingt als der meiner Mutter.

Ich erzählte ihm auch nicht, dass sie manches Mal stattdessen auch Deutschenflittchen riefen.

Von da an sagte ich nichts, wenn die Leute mir Fremdarbeiterin hinterherriefen. Ein schöneres Wort dafür ist Gastarbeiter. Das ist man allerdings nicht, wenn man hier geboren ist, deshalb ist das total lächerlich, aber das wollen die Leute gar nicht wissen.

Was geht mich das an, ob eine Anemone eine Anemone ist oder eine Butterblume, solange ich weiß, wo sie wächst, und ich hingehen und sie ansehen und pflücken kann, wenn ich dazu Lust haben sollte, was ich aber nie habe. Denn die kann doch wohl einfach so dastehen und eine rote Blume sein, ganz wie sie Lust hat, oder?

Jetzt bin ich fünfzehn, und wir haben 1979, und trotzdem kann doch mal was schiefgehen!

Das versuche ich dem Rektor zu erklären, der nach meinem Dänischlehrer das Wort ergriffen hat, aber er ist etwas skeptisch.

»Michaela«, sagt er.

»Mic!«, korrigiere ich, auch wenn ich mir die kurzen Haare längst wieder wachsen lasse, weil sie sowieso keinen mehr täuschen können, denn dafür sehe ich inzwischen zu sehr nach einem Mädchen aus.

»Mic …«, versucht er, sicher um freundlich zu sein. »Was sollte das?«

Ich presse die Lippen zusammen und starre auf meine Schuhe.

»Die Verwüstung im Garten, die Tiere … die Schilder?«

»Das war ein Unglück, habe ich doch gesagt. Das war keine Absicht.«

»Die Käfige öffnen sich wohl kaum von selbst. Die Blumen und die Mohrrüben ziehen sich nicht von selbst aus der Erde. Die Äste der Bäume werden nicht aus Versehen abgesägt. Ihr müsst doch Stunden …«

Ich denke darüber nach und fühle mich für einen Moment geschmeichelt; ich brauchte dafür gerade mal fünfundvierzig Minuten.

»Was sollte das? Die anderen Schüler haben sich über den Garten gefreut. Er gehört euch allen gemeinsam, er gehörte auch dir. Du hast selbst dazu beigetragen, ihn anzulegen. Weil ihr die vorletzte Klasse seid, habt ihr die Zwergziegen, aber sogar die habt ihr freigelassen. Sie haben etwas Stahldraht gefressen, zusammen mit den Blumen, die ihr mit den Wurzeln ausgerissen habt, sodass beide Koliken bekamen und in die Tierklinik gebracht werden mussten, als wir sie heute Morgen fanden. Die eine musste eingeschläfert werden.«

Aphrodite oder *Julius*, möchte ich gern fragen, lasse es aber. Die Zwergziegen waren nicht meine, auch wenn ich beim Aussuchen dabei gewesen bin. Sie waren …

Der Rektor redet immer weiter; von den Tieren, die weg sind, und der seltenen Weißkehlammer und der leeren Voliere, von den verschwundenen Schildern und wie viel zerstört ist und welche Strafe angemessen wäre.

»Die Mohrrüben waren fast reif, die Kaninchen hatten Junge …«

Ich höre nicht richtig zu. Ich denke an die tote Zwergziege und wünschte, das wäre ich. Solche wie mich sollte man einschläfern, ehe sie hierherkommen, denke ich. Ich denke an die Kaninchen, von denen niemand weiß, wo sie nun sind, und ich weiß genau, dass sie bestimmt vom Fuchs gefressen oder von dicken Hauskatzen zum Spaß getötet werden oder einfach eingehen, weil sie nicht wissen, wie sie im Freien überleben sollen. Ich denke daran, wie viele Jahre der kleine Apfelbaum gebraucht hat, um so groß zu werden, dass unreife kleine Äpfel an den Zweigen hingen, die ich abgesägt habe. Und irgendwo im Bauch tut es mir weh, aber ich weiß nicht, warum, denn das war irgendwie ein Missgeschick, und doch auch etwas, das da ist, genau wie ich, und ich weiß, dass ich niemals erzählen kann, was passiert ist, denn dann wird mir mein Vater eine kleben und sagen, ich hätte sagen sollen, dass ich Dänin bin, und ich kann nicht ertragen, ihm zu erklären, dass das nicht die Bohne geholfen hätte, denn obwohl ich in fließendem Greve-Dänisch »Verdammte Scheiße, ich bin Dänin!« rufen kann, hätten sie mich nur noch mehr ausgelacht, und ich weiß, das würde meinem Vater das Herz brechen, und meine Mutter wäre erst recht böse auf ihn, weil er sie in ein Land mitgenommen hat, wo man nicht Guten Morgen sagt, wenn man in den Bus steigt, und wo man keine Söhne bekommen konnte, die es im Leben weit bringen und einen hoch über Tante Katharina erheben, in einem Haus, das größer wäre als ihres und Platz für mehr Autos in der Garage hätte, in einer Gegend mit richtigen Bergen, auf denen man Ski fahren konnte, statt dieser armseligen kleinen Buckel in dieser Legolandschaft, die die Leute hier Himmelsberge nennen!

Ich weiß, dass ich niemandem von dem Netz über der Voliere, das ich nicht von außen, sondern von innen aufgerissen habe, erzählen kann.

Ich weiß, wenn ich sage, was die anderen getan haben, werden die sagen, das war nur zum Spaß, und dass sie den Käfig sofort wieder aufgemacht hätten, auch wenn das nicht wahr ist. Und ich weiß nicht, wie ich erklären soll, warum ich mich, statt laut zu jammern, bis irgendwelche Lehrer gekommen wären und mich herausgelassen hätten, einfach ganz still in einer Ecke zwischen den Säcken mit Vogelfutter zusammenkauerte, bis alle nach Hause gegangen waren, denn es war Freitagnachmittag. Ich saß da sogar noch, als ich dringend nach Hause gemusst hätte, die Abendessenszeit war schon vorbei, und freitags sind meine Eltern immer lange in *Maria Wörth in Greve*, und meine großen Schwestern waren irgendwo in Jütland auf der Kosmetikschule, und ich hätte also eigentlich zu Hause auf Therese aufpassen sollen, aber ich wusste, dass sie einfach zu Mutter und Vater ins Geschäft gehen würde, und ich blieb sitzen, bis es so spät war, dass ich wusste, niemand würde mich sehen. Da ließ ich dann die Weißkehlammer Ammer sein und riss das Netz über mir weit auf, kletterte hinaus und rannte den ganzen Weg nach Hause.

Aus der Blechdose in der Kommodenschublade nahm ich den Extraschlüssel zum Laden, steckte ihn in die Hosentasche, ehe ich mich angezogen ins Bett legte. Als meine Eltern nach Hause kamen, sagte ich zu meinem Vater, ich hätte mich früh hingelegt, weil es mir nicht so gut ging, wozu er nichts sagte, weil sie selbst müde waren, und dann gingen sie auch zu Bett, und ich schlich wieder hinaus und rannte den ganzen Weg bis zum Geschäft, wo ich auf Anhieb die Knochensäge fand und die Geflügelschere und die großen metallenen Suppenlöffel, und das war alles, was ich brauchte.

Die Drahtnetze gaben unter der Schere gleich nach, für die Blumen brauchte ich keine Hilfe, die Suppenlöffel waren für die Reihen von Kartoffeln und Mohrrüben, die sich noch nicht von oben herausziehen ließen. Und eine Säge, die an Kadaverknochen gewohnt war, wurde mit Ästen vom Apfelbaum spielend fertig.

Die Schilder habe ich begraben.

Wo, das werde ich niemals erzählen.

Aber ich grub sehr tief. Während Kaninchen und Goldhamster herumhoppelten, die Hühner gackerten und in der aufgegrabenen Erde nach Würmern pickten und die Schildkröten sich langsam auf ihre Wanderung ins Unbekannte machten, grub ich. Die Zwergziegen kauten die Blumen, Pony Isfahan fraß die unreifen Äpfel von den Zweigen, und die Lamas hielten kurz inne, ehe sie ihre neu gewonnene Freiheit nutzten und losrannten, über den Schulhof und die Straße hinunter, im Passgang, wie ich hörte, denn ich sah ihnen nicht nach, sondern grub, und erst als ich ganz sicher war, dass das Loch groß genug war, hörte ich auf zu graben und sah auf und nahm das Blumenfest in Augenschein. Ging dann direkt hinüber und zerrte und schnitt ohne Zögern ein Schild nach dem anderen aus dem Drahtnetz um die Käfige, die Schilder, für die alle Klassen lange gebraucht hatten, manche aus Holz mit eingebrannten Buchstaben, andere aus Metall mit eingehämmerten Wörtern, und wieder andere aus Ton gebrannt oder in Stein gemeißelt: Afrikanische Zwergziege (Capra hircus), Sibirisches Kaninchen (Oryctolagus cuniculus), Weißkehlammer (Zonothrichia albicollis), Burmesisches Bambushuhn (Bambusicola fytchii), Syrischer Goldhamster (Mesocricetus auratus), Peruanisches Lama (Lama glama) und so weiter und so weiter, bis zu dem Durcheinander, das von den Blumenbeeten und den Schildern übrig war, die alle aus Metall und in die Erde gesteckt waren und sich leicht herausziehen ließen: Königin-Ingrid-Geranie (Pelargonium), Mme Pierre Oger-Rose (Rosa borboniana), Mark-Erbse (Pisum sativum var. Sativum) und so weiter, zum Schluss war nur das Keramikschild da, das oben an einem Nagel am Stamm des Apfelbaums hing, das ich nicht losbekommen konnte und deshalb dort, wo es hing, in Stücke schlug, und das war es dann.

Eins nach dem anderen. Ich pfefferte sie in das Loch. Hinunter zum Schild, das Jens-Ole an der Voliere aufgehängt hatte, nachdem sie mich hineingestoßen hatten. Auf manche sprang ich drauf, sodass sie unkenntlich wurden und zerbrachen, ehe ich sie hinunter auf den Haufen schmiss, eins nach dem anderen oben auf das Schild drauf, das Namensschild, auf dem kein Name stand, weil sie sich nicht einigen konnten, welchen sie daraufschreiben wollten, weil sie nicht zufrieden waren, weder mit Fremdarbeiter, *Laboro Extraneus*, wie einer rief, noch mit Deutschenflittchen oder Österreichische Bergziege.

Und dann fingen sie alle laut an zu lachen, bis sie schrien vor Lachen, und Jens-Ole johlte:

»Du bist noch ekliger als ein Deutschenflittchen, du bist eine billige Mischung, du bist nichts, nicht mal eine Österreichische Bergziege!«

Und was hätte ich denn antworten sollen?

Lollipops

Es regnete in Strömen. Der Junge betrachtete die Tropfen, die gegen das Fenster schlugen, komische Geräusche machten und sonderbare Flusslandschaften auf die Scheibe zeichneten. Draußen war nichts als der leere Hof mit dem aufgeplatzten Asphalt und der Ulme, die im Regen traurig und einsam aussah. Die Blätter hingen schlaff hinunter, so als hätte der Baum einfach aufgegeben. Vielleicht war es ja so. Der Junge fand den Baum sehr schön, selbst wenn die Blätter hinunterhingen und der Baum weinte. Es war sein Baum. Ab und zu, wenn die Sonne schien, kamen andere Leute vorbei und taten so, als wäre es ihr Baum. Doch da täuschten sie sich. Das wusste der Junge. Der Baum gehörte ihm, ihm allein, und das schon seit sehr Langem. Manchmal sprach der Baum zu ihm. Vor allem abends, wenn der Junge allein in seinem Bett lag, flüsterte der Baum mit seiner ruhigen, rauen Stimme. Der Baum sagte ihm, dass alles war, wie es sein sollte, dass es nichts machte, wenn die anderen nicht mit ihm spielen wollten und er immer allein war, er sei trotzdem ganz in Ordnung. Der Baum sagte ihm, dass er ihn liebe, dass er ihm gehöre und nur ihm allein und dass er nichts auf die anderen gab, die an ihm hochklettern wollten und dabei Äste abbrachen, Blätter abrissen und Buchstaben und Zeichen in seinen alten Körper schnitten. Solche Leute konnte der Baum nicht ertragen! Das wusste der Junge gut, das musste der Baum ihm nicht erst sagen, doch er sagte es trotzdem.

Der Junge betrachtete den Baum. An diesem besonderen Tag sah er besonders traurig aus. Der Junge spürte die Traurigkeit des Baums, als wäre es seine eigene. Den ganzen Morgen über hatte er schon auf der Fensterbank gesessen und den Baum beobachtet, und den ganzen Morgen über war der Baum traurig gewesen. Gesagt hatte der Baum nichts, doch der Junge wusste es trotzdem. Als wäre irgendetwas nicht richtig, oder als sollte etwas geschehen, das nicht richtig war. Der Junge rutschte unruhig auf der Fensterbank hin und her. Hatte er heute etwas falsch gemacht? Er schaute auf seine Füße hinunter, besah sie sich lange mit prüfenden Augen. Erst den linken, dann den rechten, dann wieder den linken und schließlich beide gleichzeitig. Nein, er hatte am Morgen daran gedacht, sich Strümpfe anzuziehen. Und sie hatten auch dieselbe Farbe. Alle beide. Der Junge starrte konzentriert auf die Strümpfe, richtete den Blick fest auf denselben grauen Punkt, während er sich so weit vorbeugte, dass sein Kopf auf den Knien ruhte und er die Beine ausstrecken musste, um das Grau im Auge zu behalten.

Die Strümpfe waren aus Wolle. Das wusste der Junge nicht, doch er mochte das leicht kratzige Gefühl, wenn er sie mit dem Handrücken berührte. Er strich mit der linken Hand vorsichtig über den linken Strumpf, auf und ab, auf und ab, bis da nur noch dieses leichte Kitzeln auf dem Handrücken war, der sich anfühlte wie eine Katze, die nass geworden und nun wieder trocken war.

Der Junge richtete sich mit einem Ruck auf. Der Baum hatte etwas gesagt. Das wusste er, aber er hatte es nicht gehört. Und zwar deswegen, weil er nicht zugehört hatte. Er hatte versagt. Er sollte doch auf den Baum aufpassen, er war der Auserwählte, und nun hatte er es vergessen! Der Baum sah jetzt nicht mehr nur traurig aus, sondern auch böse.

Der Junge hatte plötzlich so ein schweres Gefühl im Bauch. Er legte beide Hände ans Fenster und den Kopf dazwischen, als wollte er das Gesicht durch das Glas hinaus in den Regen schieben. Die Nase drückte sich platt, die Stirn wurde kalt und feucht, und es kam ihm vor, als würden seine Lippen nach und nach zu einem Teil der Scheibe. Von seinem Atem beschlug das Glas, und auf einmal konnte er nichts mehr sehen. Der Junge zog den Kopf zurück. Seine Augen waren voller Tränen. Er hatte versagt, und es regnete. Es regnete, und er hatte versagt.

Er wollte hinunter zum Baum. Aber solange es regnete, konnte er nicht auf den Hof hinunter. Der Junge schüttelte den Kopf, da war etwas, woran er sich nicht erinnern konnte. Etwas, woran er sich aber erinnern sollte, etwas Wichtiges. Der Baum hätte ihm sagen können, was es war. Der Baum sagte ihm alles, woran er sich erinnern musste, der Baum war sein Freund, doch nun war der Baum böse mit ihm und wollte gar nichts mehr sagen. Ganz grau und blau und schwarz und leer wurde der Junge von innen. Nie mehr würde er den Baum aus den Augen lassen!

Mühsam bugsierte der Junge einen alten grünen Lehnstuhl zum Fenster hinüber und setzte sich hinein. Er sah nichts als den Himmel, an dem sich schwere graue Wolken zusammenballten. Der Lehnstuhl war zu niedrig. Der Junge schob ihn zurück an seinen Platz und nahm sich stattdessen den leichten Schreibtischstuhl. Er stellte ihn direkt vors Fenster und setzte sich mit einem zufriedenen Murmeln darauf. Hier wollte er den ganzen Tag sitzen, er würde hier sitzen und den Baum ansehen und sich nicht rühren, bis es dunkel wäre, ja, er würde hier sitzen, bis es zu dunkel wäre, um noch irgendetwas zu sehen, und selbst dann würde er nicht weggehen.

Der Baum konnte sich auf ihn verlassen. Nie, nie wieder würde er ihn vergessen. Nicht einmal für einen winzigen Augenblick. Der Junge lächelte: Nie und nimmer!

Einmal hatte er eine Katze gehabt. Eine schwarze. Mit weißen Pfoten und einem weißen Fleck unter dem Kinn. Der weiße Fleck sah lustig aus, so als hätte die Katze Milch getrunken und etwas aus dem linken Mundwinkel hinauslaufen lassen. Der Junge hatte seine Katze geliebt. Sie hatte ganz allein ihm gehört. Die Katze und er waren Freunde. Sie hatte mit ihm gespielt, und sie hatte mit ihm gesprochen. Die Katze hatte ihm gesagt, wann sie hungrig war, sie hatte ihm gesagt, wann sie rauswollte, und sie hatte ihm gesagt, wann sie wieder hineinwollte. Manchmal war die Katze müde und schlief im Bett des Jungen, und am schönsten war es, wenn sie schnurrend mit ihrem Körper den Platz zwischen den Füßen des Jungen wärmte und ihm mit jedem einzelnen Schnurren erzählte, dass sie eine glückliche Katze sei. Glücklich, so im Bett liegen zu können, zwischen seinen Füßen.

Jeden Abend vor dem Schlafen machte die Katze einen Abendspaziergang. Dann ging sie hinaus ins Dunkel und kam irgendwann zurück aus dem Dunkeln. Doch eines Tages kam sie nicht zurück, und der Junge wusste sofort, dass sie nie mehr kommen würde, weil er sie vergessen hatte. Die Mutter hatte Gäste gehabt, und sie hatte gesagt, der Junge solle ins Wohnzimmer kommen und sich neben sie setzen, die Gäste wollten ihm ein paar Fragen stellen, es seien sehr wichtige Menschen von irgendeiner wichtigen Stelle. Das hatte seine Mutter gesagt, und auch, dass sie gekommen seien, um ihm zu helfen. Aber der Junge wusste sofort, dass sie gekommen waren, um ihm die Katze wegzunehmen. Er sah es ihnen am Gesicht an, dass sie zu der Sorte Mensch gehörten, die anderen Leuten die Katzen wegnahm. Diese Gäste saßen im Wohnzimmer und stellten ihm Fragen zu allem Möglichen, zu Autos und Bilderbüchern und Farben und Zahlen, Dingen, die ihn überhaupt nicht interessierten, aber es war alles sehr kompliziert, er konnte nicht beides zugleich im Kopf behalten, die Fragen und die Antworten und dazu noch seine Katze, und so kam es, dass er vergaß, einen winzigen Moment nur, an seine Katze zu denken, und so gelang den Gästen ihr Trick, und die Katze kam nie mehr zurück.

Einmal hatte er auch seinen Vater vergessen, und der Vater ging fort und kam nie mehr zurück. Der Junge wusste, dass es nun mal so war: Man musste an etwas denken, unablässig, sonst verschwand es und kam nie wieder. Aber das mit der Katze war schlimmer, denn die Katze hatte ihm gehört. Sein Vater hatte vor allem der Mutter gehört.

Noch lange nachdem der Vater weggegangen und nicht zurückgekehrt war, hatte die Mutter Tränen im Gesicht gehabt. Ihre Augen waren gerötet, und ihre Nase sah aus, als wäre sie ständig erkältet. Und als dann die Katze des Jungen hinausging und nicht mehr wiederkam, da war er genauso erkältet. Ganz schlimm erkältet, sodass die Tränen ihm übers Gesicht strömten. Die Mutter sagte ihm immer wieder, da könne man nichts machen. Die Katze sei von einem Auto überfahren worden und tot und könne nicht mehr zurückkommen, und es sei ohnehin das Beste, denn eigentlich durften sie überhaupt keine Katze in der Wohnung halten, die Nachbarn hätten sich über den Geruch beschwert, die beschwerten sich ohnehin schon über so vieles, und das Leben war auch ohne das schwer genug. Ständig sagte die Mutter ihm das, dass die Katze unters Auto gekommen sei und nie mehr zurückkommen könne, dass er selbst sie ja gesehen habe, doch das stimmte nicht, denn die Katze, die sie ihm am Straßenrand gezeigt hatte – mit einer blutigen Nase und einem merkwürdig verdrehten Körper und einer Ameise, die über die lang heraushängende blaue Zunge krabbelte –, das war nicht seine Katze. Das wusste der Junge, denn seine Katze würde niemals mit so verdrehtem Körper und heraushängender Zunge herumliegen. Das hatte sie noch nie gemacht, sie war ganz einfach nicht die Art Katze, die so etwas tat. Das sagte er seiner Mutter, aber da war sie auf einmal auch erkältet, und der Junge mochte es nicht, wenn die Mutter erkältet war, deshalb sagte er nichts weiter. Aber er wusste ganz genau, wer ihm seine Katze weggenommen hatte, diese Leute nämlich, die zu Besuch gekommen waren und Fragen gestellt und seiner Mutter den Kaffee weggetrunken und so viele von seinen Lieblingskeksen gegessen hatten, dass nur einer übrig geblieben war. Die ganze Zeit hatten sie nur darauf gewartet, dass er vergessen würde, an seine Katze zu denken, in dem Moment hatten sie sie gestohlen, und sie kam nie zurück.

Jetzt hatte er den Baum, und das war einfacher, denn der Baum stand die ganze Zeit still im Hof, sodass der Junge ihn immer beobachten konnte. Den ganzen Tag lang saß der Junge am Fenster und sah den Baum an, durch Flusslandschaften, wenn es regnete, und durch trockene Staublandschaften, wenn die Sonne schien. Zwar versuchte die Mutter mehrmals, ihn vom

Fenster wegzubekommen. Anfangs, als der Junge und der Baum gerade erst Freunde geworden waren, tat die Mutter nichts. Damals kam oft ein Gast zu ihr zu Besuch, ein stiller Gast, der meist spätabends kam und wieder ging, bevor es Morgen wurde und der Junge aufstand und frühstückte. Doch eines Tages kam der Gast nicht mehr, und die Mutter war wieder erkältet. Dieses Mal war sie jedes Mal erkältet, wenn der Junge in ihre Nähe kam. Er war dahintergekommen, weil ihm aufgefallen war, dass ihre Erkältung immer weg war, wenn sie mit den anderen Müttern im Hausflur zusammenstand oder wenn sie einkaufen ging und er ihr durchs Fenster nachsah. Der Junge dachte, dass er vielleicht auch an den Gast hätte denken müssen und dass er es versäumt hatte. Also war es seine Schuld, dass der Gast verschwunden und die Mutter erkältet war. Da beschloss er, von nun an ständig auf den Baum aufzupassen. Doch genau da beschloss seine Mutter, er solle überhaupt nicht mehr auf den Baum aufpassen. Lange war er danach gezwungen, so zu tun, als lese er in den bunten Bilderbüchern, die sie ihm gab, während er in Wirklichkeit aus dem Augenwinkel immer den Baum beobachtete. Damals versuchte die Mutter auch, ihn ins Wohnzimmer zu locken, indem sie ihm Kuchen oder anderes versprach, wenn er sich auf den Boden setzte und die Holzklötze mit Buchstaben darauf zu Wörtern zusammensetzte, auch wenn er sich nicht sicher war, wie das ging, und es sowieso viel lustiger war, die Klötze zu einem Turm übereinanderzustapeln, der immer höher wurde, höher als der Couchtisch und manchmal sogar höher als der Esstisch, bis er schließlich mit gewaltigem Lärm einstürzte.

Schließlich gab seine Mutter auf und ließ ihn in Frieden, sodass er so lange dasitzen und den Baum beobachten konnte, wie er wollte, er konnte mit dem Baum sprechen und ihm Geschichten erzählen, seinen Geschichten lauschen, die meist von dem Tag handelten, an dem der Junge und der Baum zusammen Fußball spielen würden, genau wie die Nationalmannschaft, sie würden die anderen Jungen besiegen, sie würden berühmt werden, und alle Leute würden sie zu Freunden haben wollen. Das Fußballspiel sollte an einem Tag stattfinden, an dem die Sonne schien, die Mutter würde Kekse mitnehmen, der Vater würde zurückkommen, die Mutter wäre nie wieder erkältet, der Vater würde die Katze mitbringen, und der Einzige, der nicht dabei sein würde, wäre der Gast, weil er irgendwie nicht zu diesem sonnigen Tag passte. Trotzdem tat es ihm leid für den Gast, und vielleicht konnte er ja an einem anderen Tag kommen. Vielleicht an einem Regentag, oder vielleicht reichte es auch, wenn es einfach nur bewölkt wäre.

Der Regen hatte aufgehört. Nur unter dem Baum fielen noch immer Tropfen. Die Mutter hatte ihm etwas zu essen hingestellt, doch der Junge hatte keinen Hunger. Dann hatte sie noch gesagt, er solle sich das Essen einteilen, sie würde erst später zurückkommen. Sie hatte ein schönes Kleid angehabt, die Haare hochgesteckt, und um den Hals trug sie eine farbige Perlenkette. Der Junge war sich nicht sicher, ob es ihm etwas ausmachte.

»Es dauert nicht lange, bleib einfach hier sitzen und spiel mit deinen Sachen«, sagte sie, bevor sie ging, und der Junge wusste sofort, dass seine Mutter lange wegbleiben würde. Normalerweise ging sie höchstens kurz mit der Wäsche zur Waschmaschine in den Keller, oder sie ging zum Bäcker oder zum Metzger, und dann sagte sie nie, es werde nicht lange dauern. Manchmal sagte sie, sie gehe einkaufen oder sie werde bald zurück sein, manchmal sagte sie auch gar nichts. Doch das geschah meist, wenn er etwas kaputt gemacht oder etwas getan hatte, was nicht richtig war, oder wenn er die falschen Strümpfe angezogen hatte, weil er sich doch nie merken konnte, wie das mit den Strümpfen ging, obwohl die Mutter ihm immer sagte, dass das ganz wichtig sei, denn einmal hatte einer auf der Straße gerufen: »Guckt mal da, der Junge hat zwei verschiedene Strümpfe an, so ein Trottel!« Das war nicht nett, so was zu sagen, selbst wenn er tatsächlich einen braunen und einen grünen Strumpf anhatte, was er merkte, als er an sich hinuntersah. Aber seine Mutter war trotzdem nicht böse auf den fremden Jungen, der das gerufen hatte, sondern auf ihn, weil er sich nicht merken konnte, wie das System mit den Strümpfen funktionierte.

Jetzt kam die Sonne heraus, und vom Baum tropfte es nicht mehr. Der Junge sah, wie der Baum gähnte und seine Äste der Wärme und dem Licht entgegenstreckte, und mit einem Mal war der Hof voller Freude, die den ganzen Weg vom Asphalt aufstieg, am Baum entlang bis hoch zum Fenster und zum Jungen, und er konnte nicht anders, er musste den Baum einfach anlachen, den Baum und den Hof und die Sonne und den Himmel, der nun durchsichtig und fast ganz ohne Wolken war.

In dem Moment sah er sie: ein kleines Mädchen mit Rattenschwänzen, die zu beiden Seiten von ihrem Kopf abstanden. Mit ausgestrecktem rechtem Arm und erhobener Hand ging sie auf den Baum zu, so als wollte sie sagen: Guck mal, Mama, ein Baum! Ihre Haare waren ganz hell, fast weiß, und auch ihr Gesicht war weiß, mit roten Backen, wie so oft bei kleinen Mädchen. Sie rannte los, und bei jedem Schritt hüpften ihre Rattenschwänze auf und ab. Sie lachte und sagte etwas, aber der Junge konnte ihre Stimme nicht durchs Fenster hören, er sah bloß, wie ihre Lippen sich öffneten und schlossen, wie um Luft in unterschiedlichen Formen.

Außer dem kleinen Mädchen war niemand im Hof zu sehen. Vielleicht redete sie mit sich selbst? Wieder lachte sie, und dann sah es so aus, als riefe sie irgendetwas. Sie drehte sich auf der Stelle, immer wieder, immer schneller. Es sah gefährlich aus. Dann blieb das Mädchen stehen und schüttelte kurz verwirrt den Kopf, bevor sie zum Baum ging. Der Junge hielt die Luft an; wenn sie sich jetzt daranmachte, auf den Baum zu klettern, dann wäre er gezwungen, hinunterzugehen und ihr zu sagen, dass sie das nicht dürfe. Aber das konnte er ja nicht, die Mutter hatte gesagt, er solle in der Wohnung bleiben. Zum Glück ging das Mädchen nur um den Baum herum. Wieder öffnete und schloss sie den Mund, dabei klopfte sie auf den Baumstamm. Erst mit der einen, dann mit der anderen Hand. Sie strich mit beiden Händen am Stamm entlang, von oben nach unten, lehnte sich mit der Wange an die Rinde und legte ein Ohr an den Stamm, so als würde sie lauschen, und ganz so, als hätte der Baum etwas zu ihr gesagt, trat das kleine Mädchen einen Schritt zurück, lachte und öffnete und schloss wieder den Mund.

Der Junge wusste nicht, was er tun sollte. Hinter den Rippen spürte er einen seltsamen Schmerz, aber er wusste nicht, ob der mit dem Mädchen zu tun hatte oder mit dem Baum. Er lachte, es war so ein lustiges Bild, das kleine Mädchen, das sich mit der Wange an die Brust des Baums lehnte. Plötzlich war er froh, dass es jemanden gab, der seinen Baum gern mochte. Vielleicht könnte das Mädchen auch zu seiner Welt gehören, dachte er, so wie seine Mutter und der Baum, und so wie seine Katze und sein Vater und ein bisschen auch der Gast einmal dazugehört hatten. Er hatte sie noch nie zuvor gesehen. Vielleicht war sie zu Besuch, und irgendwo da unten stand jemand, der ihr zusah, auch wenn er niemanden entdecken konnte. Es kam ihm nicht so vor, als ob es gerade jetzt außer dem Mädchen und dem Baum noch andere im Hof oder auch auf der ganzen Welt gäbe, das Mädchen kam nirgendwo her, und aus dem einen oder anderen Grund machte es den Jungen froh, dass es sonst nichts gab: nur das kleine Mädchen mit der Wange am Baum und den Armen um den Stamm, auch wenn sie nicht einmal halb herumreichten. Ihr weißer Pullover wurde schmutzig, und gelbe Blätter, die immer noch leicht feucht waren, segelten hinunter, und zwei landeten in ihren Haaren. Das Mädchen bemerkte die Blätter nicht, redete nur immer weiter auf den Baum ein, legte den Kopf in den Nacken und sah zur Baumkrone und zum Himmel auf.

Der Junge sah dem kleinen Mädchen zu, das mit dem Baum redete, ihn streichelte und umarmte. Niemand außer ihm, wirklich niemand, hatte je zuvor mit dem Baum gesprochen. Niemand anderes hatte ihn je gestreichelt. Er selbst hatte das nur getan, wenn er sich ganz sicher war, dass niemand ihm zusah, aber das Mädchen sah so aus, als wäre es ihr völlig egal, ob jemand ihr zusah. Sie strich einfach immer weiter über die Baumrinde.

Jetzt wandte das kleine Mädchen den Kopf und sah zum Fenster hoch. Sie lächelte und hob den Arm und winkte, so wie sie einem guten Freund oder einer Schwester winken würde. Jemandem, über den sie sich freute. Der Junge wusste nicht, ob er zurückwinken oder so tun solle, als hätte er sie nicht gesehen, so als wäre die Glasscheibe nicht durchsichtig. Das Mädchen winkte noch einmal. Erst nur mit einer Hand, doch dann hob sie beide Hände und winkte mit großen Kreisbewegungen der Arme, bis sie fast das Gleichgewicht verlor. Zögernd hob der Junge eine Hand und winkte ganz leicht, fast gar nicht, zurück. Ihm wurde warm, da war so ein Kribbeln in ihm, und er beugte sich schnell weit runter, sodass er von draußen nicht mehr zu sehen war. Doch schon im nächsten Moment hob er den Kopf wieder, gerade so weit, dass er mit dem einen Auge das Mädchen erspähen konnte, das immer noch da stand und winkte und jetzt etwas rief, was er nicht hören konnte. Trotzdem war er sich fast sicher, dass sie ihn bat, doch herunterzukommen und mit ihr zu spielen.

Aber das konnte er doch nicht! Er dürfe nicht aus dem Haus gehen, hatte die Mutter gesagt. Der Junge richtete sich auf und konnte wieder deutlich von unten gesehen werden. Er schüttelte den Kopf, doch das kleine Mädchen winkte nur immer weiter. Noch einmal schüttelte der Junge den Kopf. Deutlich und langsam von der einen Seite zur anderen, sodass kein Zweifel möglich war. Das kleine Mädchen winkte nur noch heftiger. Dem Jungen wurde ganz schwindlig, so als würden sich in seinem Kopf die Ermahnungen der Mutter und das Winken des Mädchens im Kreis drehen. Er konnte doch nicht hinuntergehen!

Vielleicht hatte der Baum etwas zu ihr gesagt, etwas Wichtiges, was sie ihm jetzt erzählen wollte? Oder vielleicht hatte der Baum dem Mädchen gesagt, dass er sich wünschte, der Junge käme herunter? Das kleine Mädchen hatte jetzt aufgehört zu winken, doch sie schaute immer noch zum Fenster hoch.

Der Blick des Jungen ging vorbei an dem Mädchen, vorbei am Baum und vorbei am Tor bis hinaus auf die Straße, dorthin, wo immer noch nicht das Mindeste von seiner Mutter zu sehen war. Ihm wurde eiskalt im ganzen Körper, regelrecht durchgefroren fühlte er sich; vielleicht war seine Mutter ja weggegangen und kam nie mehr zurück? Was sollte er dann tun? Wer würde ihm Essen machen? Wer würde ihn abends ins Bett bringen? Und wer würde ihm manchmal Geschichten vorlesen über lustige Tiere und kleine Jungen in fernen Ländern? Der Junge lauschte der Stille in der Wohnung; sie war wie staubtrockener Sand, den jemand ihm über den Kopf gekippt hatte. Still und trocken und grau und schwer, und mit diesem Gefühl von Kälte im Bauch schaute der Junge wieder nach dem kleinen Mädchen im Hof. Sie blickte immer noch zu ihm hoch. Sie winkte nicht mehr, und jetzt sah sie auch nicht mehr froh, sondern traurig aus. So als wäre sie wirklich enttäuscht, dass er nicht herunterkam und mit ihr spielte.

Ohne weiter nachzudenken, rutschte der Junge schnell von seinem Stuhl, warf einen letzten Blick auf das Mädchen und ging eilig in den Flur, aus der Wohnung und die Treppe hinunter. Die Tür schlug hinter ihm zu, und er wusste nicht, wie er wieder hineingelangen sollte, doch das machte nichts.

Das kleine Mädchen lachte, als sie ihn sah.

»Der Baum freut sich, weil die Sonne scheint«, sagte sie.

»Der Baum freut sich immer, wenn die Sonne scheint«, sagte der Junge.

Einen Moment lang schauten sie einander nur an.

»Das ist mein Baum«, sagte der Junge.

»Ja.« Das Mädchen nickte. »Ich bin zu Besuch bei meiner Tante.« Sie nickte noch einmal.

Der Junge wusste nicht, was er sagen sollte. Das Mädchen war so klein und blond, aber sie war da und ging nicht weg und sagte nur Ja, aber vielleicht hatte sie ihn auch nicht verstanden.

»Das ist mein Baum, dass du's nur weißt. Mein Baum!«

»Ja«, antwortete das kleine Mädchen. »Die anderen sagen, dass du ihn den ganzen Tag anguckst. Das bist doch du, oder? Der den ganzen Tag den Baum anguckt?«

»Weil das ja auch mein Baum ist«, wiederholte der Junge. »Ich muss auf ihn aufpassen.«

»Hm.« Das Mädchen nickte.

»Wenn ich ihn nicht immer angucke, dann verschwindet er und kommt nie mehr zurück. Aber der Baum ist mein Freund, und er darf nicht verschwinden und nicht mehr zurückkommen.«

»Deshalb musst du ihn die ganze Zeit angucken?«

»Deshalb muss ich ihn die ganze Zeit angucken, ja.«

Das kleine Mädchen zog nachdenklich erst an dem einen Rattenschwänzchen, dann an dem anderen.

»Und was ist, wenn du schläfst?«

»Ich schlafe nie.«

»Du schläfst nie?« Beeindruckt trat sie einen Schritt zurück.

»Jedenfalls nicht so richtig. Ich liege im Bett, so wie meine Mutter das will, aber ich habe die ganze Zeit die Augen offen, außer wenn sie hereinkommt, dann mache ich sie ganz fest zu, aber solange meine Augen zu sind, denke ich nur an den Baum, an nichts anderes, und das ist dann auch okay.«

»Na dann …«, murmelte das Mädchen.

»Ja, das ist das Allerwichtigste«, beharrte der Junge. »Ich *muss* die ganze Zeit an den Baum denken, auch wenn ich ihn nicht angucke. Ich hatte nämlich mal eine Katze, und einmal habe ich nur eine Sekunde lang nicht an sie gedacht, da ist sie nie mehr zurückgekommen, und als ich einmal meinen Vater für einen ganz kleinen Moment nicht im Kopf hatte, da ging er weg und kam nie mehr zurück, und genauso ging es auch mit dem Gast, aber das war nicht so schlimm. Jetzt verstehst du wohl, warum ich die ganze Zeit an den Baum denken soll, damit der nicht auch noch verschwindet.«

»Ja, sicher«, sagte das Mädchen und nickte, als hätte sie verstanden. »Ich habe auch eine Katze. Einen Kater, und manchmal vergesse ich ihn, aber er ist trotzdem immer da. Er verschwindet nicht, auch wenn ich nicht den ganzen Tag an ihn denke. Nicht mal, wenn ich mit Mama und Papa in Ferien bin. Er heißt Hannibal und gehört mir. Aber vielleicht ist das was anderes?«

Der Junge antwortete nicht, er sah nur das kleine Mädchen an, das mit ihm redete, und genau in dem Moment, genau da unter dem Baum, fühlte er sich so glücklich wie nie zuvor. Die Sonne war glücklich, der Baum war glücklich, er selbst war glücklich.

»Du verschwindest nicht, oder?«

»Meine Tante fährt mich heute Abend nach Hause.«

»Kommst du wieder?«

»Ja, ich komme wieder!«, antwortete das kleine Mädchen laut, fast rief sie es. Dann fing sie wieder an, um den Baum herumzulaufen, und dabei sang sie.

Der Junge kannte das Lied nicht, aber es klang so hübsch

und lustig, dass er lachen musste. Er lief hinter dem Mädchen her um den Baum herum. Sie reichte ihm nur bis knapp über den Bauchnabel, aber sie lief so schnell, dass er sich anstrengen musste, um mitzukommen. Der Junge lachte laut; es machte richtig Spaß, mit dem kleinen Mädchen um den Baum herumzugehen und ein Lied zu singen, und er vergaß seine Mutter, die jeden Moment kommen konnte, und seine Katze, die weggegangen und nicht zurückgekommen war, und seinen Vater, der der Katze gefolgt war, und auch den Gast, denn in diesem Augenblick gab es auf der Welt nichts als ihn selbst und das Mädchen und den großen Baum und das lustige Lied und Füße, die um den Baum herumliefen mit solchem Tempo, dass sie fast übereinanderstolperten.

»Komm!«, sagte das kleine Mädchen und trat vom Baum zurück.

»Wohin?«

»Nach draußen.«

»Wo draußen?«

»Bloß auf die Straße.« Das Mädchen drehte sich um sich selbst und stieß ein Jauchzen aus.

»Ich darf nicht auf die Straße.« Der Junge zögerte. »Hat meine Mutter gesagt.«

Das kleine Mädchen stampfte ärgerlich mit dem Fuß auf.

»Ja, wenn ich nämlich auf die Straße gehe, dann werde ich von einem Auto überfahren, so wie die Katze, von der sie immer sagt, es sei meine gewesen, auch wenn das gar nicht meine war, diese Katze mit der raushängenden blauen Zunge und dem völlig verkehrten und verdrehten Körper.«

»Wo ist deine Mutter jetzt?«

»Ausgegangen«, antwortete der Junge. »Und vielleicht kommt sie nicht mehr zurück, wenn ich auf die Straße gehe.«

»Ha!«, rief das Mädchen verächtlich. »Mütter kommen immer zurück.« Und als wäre die Sache damit abgemacht, nahm sie den Jungen am Arm und zog ihn mit sich über den Hof in Richtung Straße.

Der Junge wusste nicht, was er tun sollte. Er wagte es nicht, das kleine Mädchen böse zu machen, denn dann würde sie vielleicht weggehen und nicht wiederkommen, aber er traute sich auch nicht, auf die Straße hinauszugehen, zum einen, weil seine Mutter es ihm verboten hatte, zum anderen, weil er den Baum nicht allein lassen konnte. Dem Jungen wurde ganz schwindlig im Kopf, und fast musste er weinen, doch dann blickte er zu dem Baum auf, und genau in dem Augenblick bewegte der Baum seine Äste, so als wollte er ihm Tschüss und Bis bald sagen, und mit einem Mal wusste der Junge, dass es in Ordnung war, dass er ruhig mit dem kleinen Mädchen mitgehen konnte.

»Wo gehen wir hin?«, fragte er, als sie auf der Straße standen und das kleine Mädchen ihn nach rechts zog.

»Nach überall.«

»Wo ist das?« Der Junge war sich trotz allem nicht ganz sicher, ob er wirklich hätte mitgehen sollen, die Welt kam ihm plötzlich so groß und viel zu nahe vor, und außerdem stand der Baum jetzt ganz allein auf dem Hof. Da hüpfte das Mädchen und lachte, und ihre Stimme war so voller Spaß und Freude, dass er mitlachte, ohne zu wissen, warum.

»Überall ist überall und nirgendwo sonst«, sang das kleine Mädchen.

»Überall ist überall und nirgendwo sonst«, wiederholte der Junge, um zu zeigen, dass er genau wusste, wo überall war, und dass er nur aus Jux gefragt hatte.

Eine Weile gingen sie ohne ein Wort nebeneinander her; das Mädchen mit kleinen, schnellen Schritten, der Junge mit etwas längeren, langsameren. Der Junge schaute konzentriert auf alles, woran sie vorbeikamen, damit er es zu einem Teil der Welt machen konnte, die er mit dem Mädchen teilte: die grüne Bank, die roten, orangefarbenen und violetten Blumenbeete, die Reihe gelb gestrichener Häuser, die weißen Lieferwagen auf der Straße und all die parkenden Autos – ein rotes, ein silbernes, ein blaues, zwei schwarze, dann wieder ein silbernes –, den blau gekleideten Radfahrer, der die Straße hinunterflitzte, eine alte Dame mit zwei kleinen weißen Hunden und …

»Ich will einen Lolli!«, rief das kleine Mädchen auf einmal und blieb stehen.

»Ich will auch einen Lolli«, sagte der Junge, auch wenn er sich nicht erinnern konnte, ob er sich aus Lollis etwas machte. »Einen großen will ich!«

»Ich will einen roten Lolli«, sagte das Mädchen.

»Ich will auch einen roten«, sagte der Junge.

»Wie viel Geld hast du?« Sie griff sich in die Taschen.

»Geld?« Der Junge überlegte. Er konnte sich nicht daran erinnern, dass er überhaupt schon einmal Geld gehabt hätte, aber er wusste, was das war, seine Mutter sprach ständig davon. »Ich hab kein Geld«, sagte er. »Meine Mutter sagt, sie will mir keins geben, weil ich es nur verliere, und kaufen soll ich sowieso nichts.«

»Oje, kein Geld. Dann gibt's auch keine Lollis.«

Das kleine Mädchen sah enttäuscht aus, so als ob plötzlich

alle Luft aus ihr gewichen wäre, und der Junge war sich nicht sicher, was er tun sollte, wenn das Mädchen so aussah.

»Wir bekommen schon noch unsere Lollis«, sagte er schnell. Er wollte, dass sie wieder lächelte.

»Wie sollen wir denn an Lollis kommen, wenn wir kein Geld haben? Du bist dumm!«

Dem Jungen krampfte sich der Magen zusammen. Blut und Hitze schossen ihm in die Wangen und über die Stirn bis unter die Haare, und sogar seine Nase pochte und schwitzte. Fast weinte er, denn das kleine Mädchen war sein Freund, sein einziger Freund außer dem Baum, und auch wenn der Baum sein bester und ältester Freund war, so war er doch nur ein Baum, während das Mädchen ein richtiger Freund war, und nun wollte sie Lollis haben, und er konnte ihr keine geben, deshalb fand sie ihn dumm, und vielleicht würde sie gehen und nicht mehr zurückkommen.

»Du darfst nicht weggehen«, sagte er. »Wenn ich sage, wir bekommen Lollis, dann bekommen wir sie auch!«

Der Junge griff nach der Hand des Mädchens, und sie gingen wieder los. Er war sich nicht ganz sicher, wohin sie gehen sollten, doch das machte nichts, denn eins wusste er genau: Er musste diese Lollis finden.

Der Junge und das kleine Mädchen gingen erst die eine Straße hinunter und dann eine andere, ohne etwas anderes zu sehen als rote Häuser und einen kleinen Park hinter einer Hecke.

»Ich bin müde«, sagte das Mädchen und blieb stehen.

»Aber du willst doch gerne Lollis haben, oder?« Einen Moment lang hoffte der Junge, dass sie Nein sagen würde, denn dann könnten sie zurückgehen, und wenn seine Mutter nach Hause kam, würde er in seinem Zimmer sitzen und den Baum ansehen, und alles wäre wie immer und ganz normal.

»Wenn ich keinen Lolli kriege, werde ich krank!«

»Nein«, sagte der Junge, »du sollst ja deinen Lolli haben.« Das kleine Mädchen durfte nicht krank werden.

»Aber ich will nicht mehr laufen.«

»Es ist nicht mehr weit.« Der Junge wiederholte die Worte, die er von seiner Mutter kannte, denn er wusste nicht, was er sonst sagen sollte.

»Das weißt du doch gar nicht«, sagte das Mädchen, und gleich pochte wieder das Blut in der Stirn des Jungen.

»Das weiß ich wohl! Das weiß ich wohl! Das weiß ich wohl!«, rief er und stampfte mit dem Fuß auf.

»Aber ich bin zu müde, um noch weiterzugehen.«

»Es ist gleich um die Ecke.« Der Junge wiederholte noch andere Sätze seiner Mutter und zeigte auf ein großes gelbes Haus an der nächsten Kreuzung. Da sagte das kleine Mädchen nichts mehr, sondern kam widerstrebend mit, als der Junge ihre Hand nahm und sie weiterzerrte.

Der Junge fing an, ein Lied zu summen, dass er nicht erkannte, bis ihm einfiel, dass es das war, das sie gesungen hatten, als sie vor langer, langer Zeit um den Baum herumgelaufen waren. Er durfte nicht vergessen, an den Baum zu denken, aber er durfte auch das Mädchen nicht vergessen. Es war schwer, an zwei Dinge gleichzeitig zu denken, den Baum und das Mädchen, das Mädchen und den Baum und wieder an den Baum und das Mädchen, und jetzt musste er auch noch an Lollis denken, rote Lollis, solche, die das Mädchen haben wollte, und vielleicht wollte der Baum auch gern einen haben, den könnte er ihm mitbringen, vielleicht in einer anderen Farbe, aber immer noch war er gezwungen, an das Mädchen zu denken, und dann an den Baum, an den Baum und das Mädchen und daran, sie fest an der Hand zu halten, und an die Lollis und auch an den, den sie dem Baum mitbringen sollten. Oh, wie war das alles kompliziert! Aber er musste das alles schaffen, musste alles gleichzeitig im Kopf behalten, denn er war der Auserwählte.

Der Junge richtete sich auf und setzte entschlossen einen Fuß vor den anderen in seinen großen braunen Schuhen mit den gleichen grauen Strümpfen, und seine Füße fühlten sich ganz in Ordnung und nur ein kleines bisschen betrübt von innen.

An der Kreuzung bogen sie ab, und es kam ganz, wie der Junge gesagt hatte: Mitten in einer Reihe kleiner Läden, einer Bäckerei, einer Buchhandlung, einem Friseursalon und ein paar anderen, von denen der Junge die Namen nicht wusste, war das Lebensmittelgeschäft, nach dem sie gesucht hatten.

»Da ist es!«, rief das kleine Mädchen lachend, und der Junge war so stolz, dass er sie hochhob und wie auf einem schrägen Karussell herumschwenkte, bevor er sie wieder absetzte und sie weitergingen.

Vor dem Friseursalon saß ein großer Hund, der an einem Baum angebunden war. Armer Hund, dachte der Junge, sitzt so alleine da, ohne jemanden, der mit ihm spielt.

»Was für einen Lolli willst du?«, fragte er das Mädchen.

»Ich will einen roten und einen grünen und einen mit Lakritz, und alle, die es sonst noch gibt.«

»Du bekommst einen roten und einen grünen und einen mit Lakritz, und alle, die es sonst noch gibt«, sagte der Junge und nickte ernst. »Warte hier.« Er zeigte auf eine Bank vor der Buchhandlung, das kleine Mädchen setzte sich und blickte dem Jungen hinterher, der im Lebensmittelladen verschwand.

Der Junge sah sich um. Der Laden war voll mit Obst und Gemüse und Fleisch und Zeitungen und Zeitschriften und Kartoffelchips und Putzmitteln und Brot, aber da, weiter hinten, da gab es Schokolade und Kuchen und alle möglichen Süßigkeiten! Der Junge stieß einen Freudenschrei aus. Lange stand er da und betrachtete das Regalbord mit Lollis in allen möglichen Farben und Formen, und sein Bauch war so voller Lachen, dass der Junge sich kaum bewegen konnte. Langsam nahm er einen Lolli aus einer offenen Schachtel voller Lollis, dann noch einen, und dann noch einen mehr. Zwei rote und einen grünen. Er nahm sie in die andere Hand und griff gleich noch einmal tief in die Schachtel hinein und fand zwei blaue, drei schwarze und einen gelben. Er blickte auf. Über die Schulter einer Dame hinweg, die er gerade bediente, sah der Kaufmann von seinem Platz hinter der Ladentheke herüber. Der Junge zögerte einen Augenblick, bevor er noch einmal mit der Hand tief in den Haufen aus Lollis griff und sich eine ganze Handvoll davon nahm. Die Dame bezahlte und ging zur Tür hinaus, die mit einem Glockenton hinter ihr zufiel, und so waren nur noch der Junge und der Kaufmann im Laden.

»Kann ich dir irgendwie helfen?«, fragte der Kaufmann grob und kam um die Ladentheke herum zu dem Jungen und dem Regal mit den Süßigkeiten.

Der Junge wusste nicht, was er antworten sollte, und schüttelte nur den Kopf.

»Willst du was kaufen oder nicht?«

Der Junge sagte immer noch nichts, schaute nur auf seine braunen Schuhe hinunter und schüttelte noch einmal den Kopf.

»Also, junger Mann, tut mir leid, aber wenn du nichts kaufen willst, musst du den Laden wieder verlassen.« Der Kaufmann trat auf ihn zu.

Der Junge wusste nicht, wo er hinschauen sollte, doch er wusste, dass er den Laden nicht ohne Lollis verlassen durfte, und er wusste, dass der Kaufmann ihn nicht leiden konnte und dass er ihm nicht erlauben würde, mit den Lollis in der Hand zu dem Mädchen hinauszugehen, damit sie nicht wegging und nie mehr zurückkam.

»Na, wird's bald? Oder bist du taub? Leg die Lutscher an ihren Platz und dann raus mit dir!«

Jetzt kam der Mann noch einen Schritt näher. Er war alt und grauhaarig und trug eine runde goldschimmernde Brille auf der Nase. Obwohl sein Rücken krumm war, war er doch einen Kopf größer als der Junge, und nun richtete er sich auf zwischen ihm und dem Ausgang und zeigte auf das Fach mit den Lollis.

»Na, wird's bald?«

Wieder pochte das Blut in der Nase und in den Augen des Jungen, sodass er kaum noch etwas sehen konnte, aber er musste die Lollis wieder zu den anderen in die Schachtel fallen lassen, aus der er sie hatte.

»Und jetzt mach, dass du rauskommst!«

Einen Augenblick lang stand der Junge vollkommen still. Dann kam es ihm vor, als breitete sich das Klopfen in seiner Nase über das ganze Gesicht aus bis in die Ohren und den ganzen Körper, bis da nichts anderes mehr war als dieses

Hämmern, das ihm die ganze Zeit sagte, dass der Kaufmann ihn nicht seine kleine Freundin behalten lassen wollte. Auch in den Augen klopfte es so heftig, dass er nichts anderes sah als die Lollis, die der Kaufmann ihm nicht lassen wollte, nach allem, was der Junge durchgemacht hatte, um sie zu finden, und das Klopfen breitete sich weiter nach unten aus, in die Beine, und auf einmal trat der Junge zu. Mit aller Kraft trat er mit dem linken Fuß zu und traf das Regal mit den Putzmitteln, sodass die Flaschen in alle Richtungen flogen und mit ohrenbetäubendem Lärm am Boden landeten und eine farbige Flüssigkeit direkt vor die Füße des Kaufmanns floss.

»He, was soll das, Junge!«

Der Kaufmann packte den Jungen am Arm, doch der Junge spürte nur das Klopfen wie eine Explosion in seinen Augen und Ohren, mit Bildern von seiner Katze und seinem Vater und dem Gast und dem Baum, der allein zu Hause im Hof wartete, und dem kleinen Mädchen, das draußen vor der Tür auf Lollis wartete, die der Kaufmann ihm nicht lassen wollte, und er stieß den alten Mann zur Ladentheke hinüber, sodass der fast hinfiel.

»Raus!«, schrie der Kaufmann, als er das Gleichgewicht wiedergefunden hatte und mit dem Arm nach dem Jungen langte.

Der Junge bekam den Nacken des Kaufmanns zu packen und schlug den Mann mit dem Kopf gegen die Wand, immer wieder, bis der Mann endlich aufhörte zu rufen und nach ihm zu schlagen, sodass der Junge ihn loslassen und sich stattdessen darauf konzentrieren konnte, die Lollis einzusammeln.

Ganz ruhig ging der Junge zurück zum Regal mit den Süßigkeiten und stopfte sich die Taschen voll mit Lollis in allen Farben, dann nahm er noch so viele in die Hände, wie er tragen konnte. Er machte einen großen Schritt über den Kaufmann, der still am Boden lag, öffnete die Tür mit der klingenden Glocke und verließ den Laden.

Das kleine Mädchen saß auf der Bank und sah aus, als ob ihr langweilig wäre, aber als sie den Jungen und die Lollis sah, sprang sie jubelnd auf.

»Du hast sie, du hast sie, du hast sie!« Sie tanzte um den Jungen herum.

»Hier!« Er reichte ihr eine Handvoll. »In meinen Taschen sind noch mehr.«

Der Junge schwenkte sie halb herum und schlug sich dann auf die prallvollen Taschen. Er war so stolz und froh, ihm war, als hätte er einen Springbrunnen in sich, und er konnte nicht still stehen, sondern musste von einem Fuß auf den anderen treten, immer wieder. Das kleine Mädchen und er waren Freunde, und er hatte alles geschafft, er hatte nicht versagt, und von nun an würden sie beide für immer beste Freunde sein.

Sie gingen wieder los, der Junge und das kleine Mädchen, Seite an Seite, jeder mit einem Bund Lollis in der Hand, so als wären es Blumensträuße, und das Mädchen hatte schon einen Lolli im Mund. Der Junge hatte vergessen, in welche Richtung sie gehen mussten, aber das machte nichts, denn es gab nur noch Lollis und Sonne und Glück und Lachen, und wegen all der Lollis konnte er das Mädchen nicht an der Hand nehmen, aber auch das machte nichts, denn die Lollis fühlten sich an wie eine Verbindung zwischen ihnen. Noch nie im Leben war der Junge so stolz gewesen.

Später, nachdem viele Menschen mit verschiedenen Gesichtern auf ihn eingeredet hatten, mit verschiedenen Stimmen und in verschiedenen Räumen, nachdem seine Mutter geweint hatte und wieder sehr lange erkältet gewesen war, bis sie nicht mehr so oft zu Besuch kam, nachdem er mehrere Tage nicht mehr aus dem Bett aufstehen konnte, außer wenn zwei Männer ihn festhielten, um ihn umzuziehen oder mit ihm zur Toilette zu gehen, nachdem er viele verschiedene Tabletten in vielen verschiedenen Farben und Formen geschluckt hatte, saß der Junge wieder still auf einem Stuhl und schaute hinaus.

Er konnte seinen Baum sehen. Nicht den zu Hause im Hof, sondern einen neuen. Und er wusste, dass das kleine Mädchen auf den anderen, seinen alten Baum, aufpasste. Hier konnte er auf seinen neuen Baum aufpassen, und keiner störte ihn, außer wenn sie ihm sein Essen brachten, und das geschah zum Glück nur dreimal am Tag. Es war auch immer das gleiche Essen, sodass er dadurch nicht sehr gestört wurde. Und er musste sich auch wegen der Strümpfe keine Sorgen mehr machen, es gab kein System, alle Strümpfe hatten die gleiche Farbe und waren auch sowieso nicht wichtig. Und er war glücklich, denn er wusste, er hatte es geschafft, und er wusste, eines Tages, wenn die Sonne schien, würde das kleine Mädchen mit den Rattenschwänzen rechts und links und den roten Backen im weißen Gesicht die lange Einfahrt heraufkommen, durch das verschlossene Eisentor treten, und sie würde dem Baum zulachen und ihm winken, und er würde hinuntergehen, und sie würden zusammen spielen, und er würde noch mehr Lollis für sie finden, denn sie waren Freunde, und er hatte nicht versagt.

Alles – was ich erzählen kann

Vielleicht muss man ein bisschen verrückt sein, um Bücher zu schreiben.

Ich selbst bin ausgesprochen verrückt. Ob das meine Bücher besser macht, weiß ich nicht. Aber das Schreiben hält mir den Wahnsinn ein bisschen vom Leib. Deshalb fange ich schon morgens an. Dann möchte man sich am wenigsten verrückt fühlen. Solange die Stimmen und das Gewimmel der Zigtausend Bilder in eine Handlung passen, die aus meinen Fingern kommt, bin ich es, die bestimmt. Am besten funktioniert das mit Kaffee. Und ohne Unordnung in der Wohnung. Deshalb räume ich immer erst auf, bevor ich mich an den Schreibtisch setze. Das Telefon zu ignorieren, die Post ungeöffnet zu lassen oder dem Supermarkt fernzubleiben, fällt mir nicht schwer. Mein Kühlschrank ist immer leer. Die Post schaue ich montags an. In der Regel. Das Telefon nehme ich ab, wenn ich glaube, dass ich in der Wirklichkeit bin. Das ist nicht immer der Fall.

Oft fühle ich mich, als habe ich ein Kartenhaus betreten, das andere aufgebaut haben. Ich würde die Karten lieber anders aufstellen, aber ich habe keinen Einfluss darauf. Das Beste, was ich tun kann, ist deshalb, meine eigenen Fantasiekarten aufzubauen, eine über die andere, in Kaskaden, die über jenes Kartenhaus hinwegströmen, das andere Wirklichkeit nennen. Ich komme in der Wirklichkeit nicht zurecht. Das ist sowohl gut wie schlecht. Wenn ich die Karten mische, zeigt sich die Welt, wie ich sie sehe. Da bin ich immer und nie allein. Das ist weder gut noch schlecht. Das ist einfach, wie es ist.

Genau genommen bin ich gar nicht verrückt. Nicht wenn ich schreibe. Dann hängt Alles zusammen, dann weiß ich Alles, denn dann bin ich nicht ich, sondern ein Teil von diesem Alles, und Alles ist es, das die Wörter findet. Am meisten sagt Alles zwischen den Zeilen. Die Wörter sind nur die Spitze der Wirklichkeit. Erklären kann man das nicht. Es ist, als wären die Wörter nur der sichtbare Teil eines Eisbergs, der jedoch nur in dem Moment zu sehen ist, in dem ich die Worte zu einer Geschichte zusammensetze.

Es kann viele Stunden dauern, ins Alles einzudringen, manchmal viele Tage, Wochen, Monate. Alles ist kein Zustand, in dem man sich frei bewegen kann. Alles ist ein Zustand des besiedelten Alleinseins auf der anderen Seite der Einsamkeit. Man kann anderen Menschen nicht gegenübertreten mit dem Blick auf Alles. Erklären kann man das nicht. Es ist einfach so. Man kann auch nicht sagen, dass man Alles weiß, denn schließlich sind die Dinge gleichzeitig so, wie sie keinesfalls sind. Es ist bloß so, als wäre Alles ein Teil von einem selbst, oder vielleicht auch umgekehrt, sodass man selbst Teil von Allem ist und daher dessen Wissen anzapfen kann. Was Alles weiß, hat nichts mit dem Wer, Wo, Was aus den Sendezeiten des intellektuellen Diskurses, der Information und der Quizfragen zu tun. Es gibt einen Unterschied zwischen dem durch Lernen erworbenen Wissen und dem Wissen, das man durch Erkenntnis gewinnt. Alles befindet sich im Inneren, hinter dem Wissen, das außen ist.

In diesem Alles befindet sich ein Faden, dem man folgen muss. Er kommt aus den Fingern heraus wie eine einzigartige

Tonfolge. Nicht immer finde ich gleich zu Anfang die richtige. Manchmal erwische ich die verkehrte, schreibe viele Seiten, bis mir klar wird, dass ich den verkehrten Weg eingeschlagen oder den verkehrten Rhythmus gewählt habe oder dass der Faden einfach nicht lang genug ist. Dann muss ich zurück und von Neuem anfangen. Darüber können Wochen vergehen. Und noch einmal von vorn. Oft verlaufe ich mich unterwegs. Folge tief drinnen im Alles einem verkehrten Faden. Ich merke das immer, früher oder später. Das ist der Grund, weshalb es so lange dauert. Es gilt, die einzige Weise zu finden, auf die Alles erzählt werden kann.

Es gibt mehr als ein Alles. Aber für jede Geschichte gibt es nur ein einziges Alles. Oder genauer gesagt, es gibt nur eine Geschichte für jedes Alles. Manchmal vermischt sich das bei mir. Dann ist es, als ob Wahnsinn in die Finger gelangt, wo er nicht hingehört. Oder es ist so, als ob die Wirklichkeit in den Wahnsinn gelangt. Wie das passiert, lässt sich nicht erklären, aber es darf nicht sein.

Oft tue ich, als ob ich wüsste, was ich tue. In der Wirklichkeit. Darin bin ich gut. So gut, dass ich mir selbst glaube. Dann und wann. Im Alles weiß ich genau, was ich tue, die ganze Zeit. Da muss ich nicht so tun als ob. Da kann ich mit vielen Stimmen gleichzeitig sprechen, kann entgegengesetzte Meinungen vertreten und von beiden gleichzeitig überzeugt sein. Daran ist nichts verrückt. Es ist, wie Alles ist. Aber genau deshalb ist es auch unmöglich, eindeutige Aussagen mit Überzeugung zu treffen. Alles ist verloren, wenn ich es versuche.

Der Kaffee ist getrunken, und was soll ich mir jetzt ausdenken? Das Telefon klingelt, und ich stelle den Anrufbeantworter leiser, um nicht zu hören, wer es ist. Ich weiß nicht, warum ich an die neue europäische Verfassung denken muss. Leute, die sich selbst bemitleiden, können einem nicht leidtun, also gehe ich hinaus und setze wieder den Kessel auf. Alles ist mir aus den Fingern geschlüpft, und ich gehe zum Fenster und schaue hinaus. Früher wohnte ich in einem Einzimmerappartement und sah nichts als die Mauer gegenüber. Jetzt wohne ich in einem Palast mit dreieinhalb Zimmern und kann über die Dächer Kopenhagens sehen, vom Christmas Møllers Plads bis Christiansborg. Das hilft beim Denken. Da stoßen die Gedanken nirgends an und können überallhin wandern, während ich nach dem Alles an einem unbekannten Ort suche, den niemand kennt. Ich hebe zwei Fussel vom Fußboden auf, das Wasser kocht, und ich gehe in die Küche und gieße Kaffee auf. Ich setze mich an den Küchentisch und schaue an die Decke und ins Nichts und spüre, wie Alles in meine Handgelenke zurückkehrt.

Mein Schreibtisch ist groß und freundlich und hat einmal meiner Großmutter gehört, der Mutter meines Vaters. Damals stand er auf einem Gut im tiefsten Seeland, umgeben von Äckern, wo meine Großmutter einen Teil ihrer Jugend verbrachte, wenn sie sich nicht gerade um ihren Vater und sein Durcheinander auf Amager kümmern musste. Das rissige Rosenholz und der löchrige, grau-verschlissene Filz, der einst grün war, sind also Freunde des Alles, und es hilft, die Handgelenke auf das Holz zu legen, um zu spüren, wie die Holzadern in den Puls hineinpochen. Alles läuft zurück in die Finger, und da steht mit einem Mal die ganze Welt zwischen den Zeilen, um die herum ich Wörter finden muss. Auf den Tasten schreibt es sich schneller als mit Bleistiften, aber nie schnell genug. Gedanken kommen und gehen, für manche finde ich rechtzeitig Wörter, andere verschwinden, bevor ich zu ihnen vordringe, und dann kann ich bloß hoffen, dass sie zurückkommen. Um mich nicht zu ärgern, habe ich folgende Regel aufgestellt: Wenn sie wichtig genug sind, dann kommen sie wieder.

Ich spreche nicht von dem, was noch nicht geschrieben ist. Das wäre, als ließe man den Wahnsinn aus dem Mund herausschlüpfen statt aus den Fingern, doch wenn etwas aus dem Mund kommt, steht nichts zwischen den Zeilen. Wörter, die aus dem Mund kommen, sind nur ein eindimensionaler Strich, ohne Zeilen, zwischen die man das Leben legen könnte. Man kann nicht vom Alles reden, ohne dass Alles verschwindet. Deshalb halte ich keine Vorträge, wenn es irgendwie geht. Nur wenn mich die Wirklichkeit und die pure Not dazu zwingen.

Sprechen tue ich dann und wann. Mit anderen Menschen. Oft sogar. Aber das ist Zeitverschwendung. Die meisten Wörter, die gesagt werden, sagen nichts aus. Jedenfalls nichts, was nicht entweder alle schon vorher wissen oder was ihnen gleichgültig ist. Es ist nicht möglich, Alles auf einmal in den Mund zu nehmen. Das ist das Problem. Alles kann auch nicht in den Fingern sein, aber Alles kann durch sie hindurchströmen, und genau darum geht es. Alles steht nicht still. Alles ist eine Geschichte in der Geschichte in der Geschichte. Wenn ich sprechen muss, versuche ich mich an das zu erinnern, was ich geschrieben habe, und wenn ich etwas sagen soll, was ich noch nicht geschrieben habe, dann versuche ich mir vorzustellen, was ich gern schreiben würde. Oder ich erinnere mich daran, so zu tun als ob, und wie gesagt, das mache ich ziemlich gut. So gut, dass es mich überallhin brachte auf der ganzen Welt, bis ich schließlich genug zusammengespart hatte und aufhören konnte, so zu tun, als wollte ich immer weitermachen mit diesem So-tun-als-ob. Das wurde etwas anstrengend. Sehr sogar. Zwölf Jahre lang. Plus die neunzehn davor. Heute bin ich trotzdem froh darüber. Ich habe die Wirklichkeit an vielen Orten besucht. Das macht Alles größer. Lässt Alles zusammenpassen. Noch froher bin ich, dass nicht noch mehr Jahre vergehen mussten. Schließlich bin ich nahe genug am Wahnsinn aufgewachsen, um zu wissen, dass man achtgeben muss. Dass einen der Wahnsinn ergreift, wenn man nicht die Finger davonlässt. Davon, so zu tun als ob. Aber auch, dass einen die Normalität gefangen nimmt, wenn man sich ganz weigert, so zu tun als ob. Alles ist eine vorsichtige Wanderung auf schmalem Grat.

Wie ich meine Geschichten erfinde? Wie das wohl alle machen. Habe ich jedenfalls früher geglaubt. Und glaube ich jetzt noch ein bisschen. Auch wenn mir viele erzählen, dass es nicht so ist. Ein Lastwagen, ein Tretroller, und Alles kann passieren. Ein Kastanienbaum. Eine Frau, ein Land. Und vier Männer. Alles ist passiert. Erinnerst du dich nicht daran? Da steht es doch, da, zwischen den Zeilen. Zusammen mit dem Rest der Geschichte. Und der Bedeutung darin. Das ist nicht wahr, oder richtiger, das ist bloß ein Bruchteil der Wahrheit. Denn Geschichten kommen auf Myriaden von Arten zu mir. Verkleidet als ein einzelner Satz, der sich dann als der erste von vielen erweist, als einer aus einer ganzen Abfolge von Sätzen, in denen Bedeutung und Alles zu finden sind. Sie kommen als ein Rhythmus, als eine Tonfolge, als eine Melodie, zu der ich das Lied finden muss. Sie kommen zunächst als Frage, zu der ich die

Antwort nicht kenne. Angst? Zweifel? Bosheit? Liebe? Hass? Freundschaft? Glaube? Fanatismus? Die Welt, Europa, Dänemark, das, und die Frage, wie man eine Geschichte zurechtrücken kann, die schiefgelaufen ist? Die Antworten liegen zwischen den Zeilen, wenn ich nur die richtige Geschichte dazu finde, sie auf die einzige Art aufschreibe, die genau diese Geschichte, dieses Alles, verlangt. Stimmt nicht. Nicht auf alle Fragen gibt es Antworten, aber auch die Annäherung, das Fehlen von Antworten, kann zwischen den Zeilen stehen wie eine Frage, die zu ihrer eigenen Antwort geworden ist.

Geschichten zu erfinden ist nicht mein Problem. Die Schwierigkeit besteht darin, auszuwählen, welches von all den vielen Alles, die sich mir aufdrängen, am dringendsten aufgeschrieben werden muss. Als Erstes. Und mich dann an die Stimme dieses einen Alles zu halten, über die ganze Wegstrecke. Das ist das Schwerste. Viele andere Stimmen wollen ebenfalls dabei sein. Und manchmal werde ich dieses Alles leid, das ich gewählt habe. Dann halten mich nur schlaflose Nächte und Kaffee bei der Stange. Und die Erkenntnis: Ich werde niemals wieder ins So-tun-als-ob hineinpassen.

Es klingelt. Verdammt! Der Postbotin gewähre ich acht Wörter. Das sind viele. Ich selbst sage keins, bevor ich ihr den Kugelschreiber aus der Hand nehme und unterschreibe. Dann mache ich die Tür wieder zu und schließe ab. Zu spät: Etwas vom Alles ist herausgeschlüpft. Jetzt klingelt auch noch das Telefon. Ich gehe nicht ran, ich gehe nicht ran, dann gehe ich doch ran, jetzt ist es auch schon egal, Alles ist bereits hinausgeschlüpft. Nein, ja, doch, ich glaube es nicht, vielleicht später, ich weiß nicht, vielleicht morgen oder übermorgen oder nächste Woche, oder können wir nicht noch mal telefonieren? Vielleicht nächstes Jahr. Doch, lassen Sie uns das machen. Das hätte ich nie sagen sollen. Jetzt muss ich später zurückrufen und absagen. Und bis dahin ist dieser Anruf eine Stimme in meinem Kopf, die Alles den Platz nimmt. Ich schicke sofort eine E-Mail. Dass es nicht geht. Dass ich keinen Überblick habe. Außer über diesen Moment, und in diesem Moment suche ich das Alles, das schon wieder weggelaufen ist.

Stell dir vor, Alles wäre etwas, wonach man fahnden könnte, wie ein kleiner weißer Hund mit einem roten oder schwarzen Halsband und einer kleinen runden Metallplakette, auf der steht: Alles bitte an seinen Besitzer zurückschicken. Es gibt Finderlohn. Dann könnte ich Alles einfach als vermisst melden und mich hinsetzen und warten. Wie die Dinge liegen, weiß aber nur ich allein, dass Alles weg ist, und trotzdem kann ich nichts anderes tun, als mich hinsetzen und warten. Warten, worauf? Nein, das geht nicht. Nichts kommt von allein und Alles schon gar nicht. Ich gehe in die Küche und wasche ab. Das ist nicht wahr. Ich sehe den Abwasch an, stelle einen einzelnen Teller in die Spülmaschine, sehe dann die Gläser an, die von Hand abgewaschen werden müssen, und schiebe sie etwas zusammen, hinüber zum Messerblock. Damit es ordentlicher aussieht. Ich setze einen Kessel Wasser auf. Für Tee. Wenn ich heute noch mehr Kaffee trinke, werden mir die Finger steif. Ich stelle mich ans Fenster. Aber heute ist Alles nicht draußen am nassen Vor-dem-Regen-Himmel, also gehe ich stattdessen in meinem Wohnzimmer auf und ab. Rücke die Kissen auf dem Sofa zurecht, hole die Lampe hervor, die aufgehängt werden muss, stelle sie dann wieder zurück. Ich weiß, dass ich das Loch schief bohren werde, wenn ich es jetzt, wo Alles verschwunden ist, tue. Stattdessen sollte ich lieber startklar vor der Tastatur sitzen, wenn Alles das nächste Mal vorbeijagt.

Alles festzuhalten gelingt einzig und allein, indem man die ganze Zeit mit ihm zusammenbleibt. Alles ist im Grunde nicht flüchtig. Alles flüchtet nur vorm So-tun-als-ob. Alles ist glasklare Transparenz, die sich nicht greifen lässt. Eine Unterbrechung, eine Abweichung, und Alles ist weg. Dass Alles verschwunden ist, ist entsetzlich, es reduziert die Welt auf die Wirklichkeit, die nichts mit dem zu tun hat, was in Wahrheit ist. In Alles hineinzukriechen bedeutet, sich gegenüber allen anderen zu verschließen. Man kann nicht in Alles eindringen, solange man eine Verabredung mit der Wirklichkeit hat. Am selben Tag. Oder am nächsten Tag oder am nächsten Wochenende oder in der folgenden Woche. Alles ist alles oder nichts. Und jetzt habe ich den Kontakt erst mal unterbrochen.

Es ist still. In den Zimmern ist es sonderbar dunkel. Ich schalte das Licht ein, schaue aus dem Fenster. Der Verkehr hat nachgelassen. Ich gehe zurück und sehe auf die Uhr des Notebooks. Achtzehn dreiundzwanzig. Ich müsste doch Hunger haben. Ich kann mich nicht daran erinnern, ob ich etwas zum Mittagessen gegessen habe. Bestimmt nicht. Im Kühlschrank ist nichts. Fünf Stunden. Zum Teufel! Ich hätte bei der Bank wegen meines Überziehungskredits anrufen sollen. Morgen. Ich vergesse den Kühlschrank und setze wieder Wasser auf. Drucke die Seiten aus. Vier. Nehme zwei Scheiben Knäckebrot und setze mich aufs Sofa, lese. Wahnsinn, das ist es, was mir da aus den Seiten entgegenkommt. Ich weiß nicht, ob das Mist ist oder okay. Aber es hat einen gewissen eigenen Rhythmus. Als hätte nicht ich es geschrieben. Den Inhalt. Ich bin mir nicht sicher, ob ich verstehe, was ich da lese. Das macht nichts. Irgendwann. Aber da stehen Wörter, die ich nicht mag: »Intellektueller Diskurs, Information, Quizfragen«. Die passen nicht hierher. Diese Wörter gehören nicht zum Alles. Ich weiß nicht, warum, es ist einfach so. Ich muss die Stelle ändern. Es muss Wörter geben, die den Alles-Klang haben, auch wenn sie zum So-tun-als-ob gehören. Oder ich muss welche erfinden. Im Moment kann ich das nicht, das muss bis später warten. Jetzt habe ich keine Kraft mehr. Für heute ist Alles aufgebraucht. Oder vielleicht bin ich es auch, die verbraucht ist? Mir gefallen auch »Lastwagen, Tretroller« nicht, auf so etwas komme ich normalerweise nie. Es könnte sein, ist es aber nicht. Dort muss stehen, dass meine Finger nach etwas suchen, wovon ich nichts weiß. Das ist Alles. Wenn meine Finger die richtigen Tasten drücken, dann steht zwischen den Zeilen das, wovon ich nicht wusste, dass ich es wusste. Nicht wusste, dass ich danach suche. Auch das weiß ich nicht, ob das wahr ist. Aber so fühlt es sich an.

Die Fenster beginnen zu beschlagen, und nicht einmal das ist zu verstehen. Ich springe auf und renne in die Küche. Die Luft ist voll Wasserdampf, wie Watte, und ich reiße das Fenster weit auf. Der Kessel ist leer gekocht, aber der Boden ist noch nicht durchgebrannt. Dieses Mal. Ich weiß nicht, warum ich elektrische Wasserkocher nicht mag, damit würden manche Dinge einfacher. Ich gehe zurück zum Sofa. Hebe die Papiere auf und lese noch einmal. So kann man nicht schreiben. Das will niemand lesen, so was vollständig Banales, unerträgliche Ich-Ich-Ich-Sätze, die zu nichts führen. Morgen muss ich von vorn beginnen.

Manche Tage sind wie Gummi. Ein einziger langer Anstieg mit einem Schritt vor und zweien zurück. Ich komme nirgendwohin, höchstens am Ende ins Bett, mit dem Gefühl, dass Alles mich verlassen hat und nie mehr wiederkommt. Aber so ist es nie. Wenn ich im Alleinsein verharre, kommt Alles zurück. Früher oder später. Wenn ich mich voller Verzweiflung hinaus in die Wirklichkeit bewege, dauert es länger, bis ich Alles wiedersehe. Trotzdem kann es zwischendurch einmal notwendig sein, ohne Alles in der Wirklichkeit zu sein. Die Wirklichkeit hat unter allen Umständen ihre natürliche Begrenzung. Früher oder später drängt Alles sich auf, und ich muss nach Hause gehen und Alles hereinlassen. Alles kehrt oft größer zurück. Wenn ich ganz in die Wirklichkeit hinausgehe und mich der Welt aussetze, ganz ohne So-tun-als-ob, dann kann ich sicher sein, dass Alles gewachsen ist, wenn ich es wiedersehe. Das braucht Zeit, und es ist schrecklich anstrengend. Aber so muss es sein.

Heute ist so ein Gummitag, ich schlafe von elf Uhr bis zwölf und wieder von zwei bis vier. Ich wage nicht hinauszugehen, auch wenn das vielleicht das Beste wäre. Ich habe einen Abgabetermin und kann es mir nicht leisten, dass Alles gestört wird. Verflucht! Ich habe wieder vergessen, zur Bank zu gehen. Ich muss auf Alles vertrauen. Alles weiß, was Alles sagen wird, auch wenn ich selbst nicht weiß, was Alles sagen wird. Erst wenn Alles geschrieben ist, weiß ich, dass ich immer gewusst habe, was Alles sagen würde. Das ist nicht zu verstehen und ist zugleich wahr und nicht wahr. Im Moment weiß ich nur, dass das, was ich gestern geschrieben habe, fürchterliches Gefasel ist, aber ich habe keine anderen Ideen.

Romane schreibe ich ohne Abgabetermin, dann kann der

Raum zwischen den Zeilen so groß wie nötig werden. Egal, wie lange es dauert. Je mehr ich zwischen den Zeilen sagen kann, desto besser ist Alles gelungen. Bei Essays ist es anders. In Essays muss in den Zeilen stehen, was man sagen will, und das kann ich nicht. Also versuche ich so zu tun als ob, indem ich so tue, als ob ich so tue als ob, und vielleicht kann sich etwas vom Alles dennoch einschleichen und die Lücke zwischen den Zeilen füllen. Ich weiß nicht, ob es gelingt. Normalerweise schreibe ich nie auf diese Weise, schreibe nie über mich und schon gar nicht über Alles. Wie kann man über Alles schreiben, wenn doch Alles ist, der schreibt?

Ich nehme wieder Kontakt auf. Hatte ganz vergessen, dass er unterbrochen war, aber das war ein Glück. In fünfundvierzig Minuten habe ich genau drei Seiten geschrieben und die können kaum schlechter sein als die von vorher. Ich lege die vier und die drei Seiten zusammen und lese sie am Stück. Dann beschließe ich, das Ganze wegzuwerfen. Gerade als ich die Seiten in den Papierkorb werfe, klingelt das Telefon. *Was hast du jetzt wieder gemacht? Ich komme rüber.* Ich sitze in meinem Jogginganzug auf dem Sofa, als er kommt. Er hat es unterwegs gelesen und sagt, ich müsse wahnsinnig sein. Daran ist doch nichts verkehrt. Nur der Schluss fehlt. Aus purer Freude nehme ich ein Bad und ziehe mich an. Langes Kleid und hohe Stiefel, mein Körper erinnert sich plötzlich ans Frausein. Dann gehen wir über die Knippelsbro und in die Dunkelheit hinein. Mir ist wieder eingefallen, dass ich Hunger habe.

Der Überziehungskredit. Ich bin fertig, wenn ich fertig bin. Aber wie erkläre ich das meinem Bankberater? Ich werde nervös, wenn ich nur daran denke, und ich beschließe, nicht daran zu denken. Ich kann nicht schneller schreiben, als ich schreibe. Nein, das stimmt nicht. Ich kann nicht schneller schreiben, als Alles es will. Und dazu gehören ein Anfang und ein Ende, und selbst wenn ich angefangen habe, weiß ich selten, wo das Ende ist, und auch wenn ich das Ende gefunden habe, muss ich wieder von vorn beginnen, und zwar immer wieder, und ich weiß nie, wie oft. Nur ein Mal noch, denke ich immer, dasselbe hatte ich das letzte Mal auch schon geglaubt, deswegen habe ich aufgehört, irgendwas zu glauben. Ein Mal noch. Immer gibt es ein Wort, einen Satz, einen Abschnitt, die aus allem herausfallen. Etwas klingt falsch, mischt sich in Alles ein. Kommata sind ein Problem. Nicht sklavisch den grammatikalischen Regeln zu folgen, sondern herauszufinden, welche Art Komma zu welcher Art Text passt. Jetzt habe ich meins gefunden, ein Komma für Alles, das bestimmt gegen alle Regeln verstößt. Da kann man nichts machen. So ist es und so bleibt es.

Das Traurige daran, Alles in die Wirklichkeit zu entlassen, ist, dass die meisten anscheinend aufgehört haben, nach Alles zu suchen. Jedenfalls wenn Fernsehen und Meinungsumfragen recht haben. Unterhaltung, Unterhaltung, unbegründete Meinungen und noch mehr Unterhaltung. Und dazu ein kleines bisschen Wer, Was, Wo. Im So-tun-als-ob. Kein Alles. Literatur ist zu einem anderen Wort für Haarspray geworden. Etwas, das außen draufkommt. Etwas, um sich damit aufzubauen, wenn einem nichts mehr einfällt. Wenn ich glaubte, dass das stimmte, würde ich nicht aufhören zu schreiben. Ich würde aufhören zu publizieren. Aber tief drinnen im Alles besteht kein Zweifel daran, dass die meisten genau wissen, dass die Welt anders ist. Kein Zweifel, dass die meisten danach suchen, nach Alles, und wie Alles zusammenhängt oder nicht zusammenhängt, sondern einfach ist. In der Wirklichkeit. Nur wissen nicht alle, wo sie suchen sollen, und es ist auch schwierig in einer Zeit, wo es viel zu viele Orte zum Suchen gibt. Ich habe nur mein eigenes Alles weiterzugeben, und das tue ich. So gut ich kann.

Früher Morgen und Schneewetter. Halb sechs, und Alles wartet auf meinem Schreibtisch. Das Notebook ist hochgefahren, lange bevor der Kaffee fertig ist. Einen Roman zu schreiben kann sehr lange dauern. Jahre eines Lebens in der Stimme eines Alles verbracht. Das, glaube ich, macht Romane lesenswert. In Essays stecken Wochen, höchstens Monate. Vielleicht sind sie trotzdem lesenswert. Das wird ein guter Tag.

Alles weiß, wann Alles fertig ist. Ich weiß es nie. Zufriedenheit gibt es nicht. Nur kommt ein Zeitpunkt, wo nicht mehr sicher ist, ob Alles besser oder schlechter wird, wenn ich es weiter ändere. Also bleibt mir nichts übrig, als abzuliefern. Abliefern, das bedeutet tausend Nadelstiche, und ich bin kein Fakir. Abliefern bedeutet auch tausendfaches Glück, größeres gibt es nicht. Das stimmt nicht. Am allergrößten ist das Glück, wenn Alles die Zeit stillstehen lässt, während die Welt, die aus meinen Fingern strömt, immer größer wird.

Fünf Tage. Irakanhörung und ein Brief von der Bank. Ich öffne ihn nicht, es ist nicht nötig. Es spielt keine Rolle. Ich bin durch. Zum hundertzwanzigsten Mal, und Alles wird nur schlechter, wenn ich noch etwas ändere.

Ob das stimmt oder nicht, weiß ich nicht. Aber jetzt ist es Alles, was ich geschrieben habe.

Nachwort

Die Geschichten in dieser Sammlung sind im Laufe vieler Jahre entstanden. Etwa die Hälfte erschien bereits in verschiedenen dänischen Anthologien, *Warum* außerdem in einem französischen Magazin. Drei der Geschichten sind ganz neu. Einige richteten sich ursprünglich an erwachsene Leser, während andere von Anfang an in der Stimme des heranwachsenden jugendlichen Geistes sprachen, die sich um die Pubertät herum herausbildet – und idealerweise nie verstummt.

Als ich diese Anthologie zusammenstellte, war ich mir zunächst nicht sicher, was das verbindende Thema sein könnte. Mit einer Ausnahme, *Alles*, scheint im Zentrum sämtlicher Texte ein Gewaltakt zu stehen. Doch die Gewalt bildet nur die Oberfläche. Worum es geht, ist das, was diese Gewaltakte freilegen. Nach und nach ist mir bewusst geworden, dass alle Geschichten sich um einen wegweisenden Moment im Leben drehen, den Moment, in dem Einsicht gewonnen wird, Einsicht in das eigene Ich oder in einen anderen Menschen. Es geht um Situationen, die offenlegen oder bestimmen, wer wir wirklich sind. Diese Momente gehören alle zu dem, was ich mit *Alles* meine.

Alles ist so etwas wie ein endloser See der universellen Menschheit. In diesem See liegt eine Wahrheit, die uns alle angeht, über alle Zeiten hinweg, und die sich dem aufdringlichen, flimmernden Spiegelbild der immer präsenteren inszenierten Realität entzieht. *Alles* ist das Gegenteil von *Nichts*. Das *Nichts* ist ein furchtbarer Ort, ein Ort, an dem es keine Bedeutung gibt, keine Verbindung zum Dasein, kein echtes Leben, keine echte Liebe – ein Ort, von dem man nur fliehen kann. Es ist das Gespenst der Bedeutungslosigkeit, dem die Kinder in meinem Roman *Nichts* so verzweifelt zu entkommen versuchen. Aber wohin? Aufmerksame Leser des Romans wissen, dass die Kinder auf einer Ebene unterhalb der konkreten Ereignisse tatsächlich *Alles* finden – selbst wenn die Taten, die sie auf ihrer Flucht vor dem *Nichts* begehen, so grauenvoll sind, dass sie sich über dieses *Alles* vermutlich nie werden freuen können. Den Lesern (und der Autorin!) sei größeres Glück vergönnt: *Alles* ist ein Ort, an dem alles mit allem zusammenhängt, alles einen Sinn ergibt. Ein Ort freundlicher, friedlicher warmer Föhnwinde, von Ruhe und Harmonie. Ein Ort ohne Furcht, weil alles Teil ein und desselben Sees ist, des Sees des Seins, des Eins-Seins.

Alles ist der See, den ich anzapfe, wenn ich schreibe. Es ist zugleich die Quelle aller Geschichten in dieser Sammlung sowie aller anderen Texte aus meiner Feder. Beim Schreiben durchdringe ich immer alle meine Charaktere, beim Schreiben lebe ich ihr Leben, ob sie jung sind oder alt, Mann oder Frau, ganz unabhängig von ihren persönlichen Eigenschaften. Mein Gefühl sagt mir, dass ich mit dieser Sammlung auf lange Zeit ans Ende dessen gelangt bin, was die junge erwachsene Stimme in mir zu sagen hat. Das heißt jedoch nicht, dass ich *Alles* vollständig ausgeschöpft hätte. Im Gegenteil! *Alles* kann nie geleert werden. *Alles* gehört der ganzen Menschheit. *Alles* ist das Sein, das uns allen gemein ist, unsere innere Stimme, das, was zwischen den Zeilen steht. *Alles* ist das, was wir hören können, wenn wir uns selbst vergessen und wirklich aufmerksam lauschen. *Alles* ist dort, wo Katzen keine Furcht vor Krokodilen kennen, wo Schildkröten unter ihrem Panzer hervorkommen, wo Wildpferde nicht mehr fliehen.

Alles ist das, worum es geht.